Bert von Norden wurde in Bremen geboren, ist aufgewachsen und lebt in Norddeutschland.
In der Schule fand er Goethes Faust und Homo Faber doof.
Er machte und mag Filme und Musik, tanzt aber nicht.
Bert von Norden entdeckte seine Passion fürs Schreiben während einer Hochhaussprengung an einem Regentag in Bad Salzuflen.

ebenfalls von Bert von Norden erschienen:
Fussel schweben in der Luft
Die Gilde der Ewigen Zeit

Bert von Norden

Das Dorf der zwei Monde

Ein Spiegelbild irrt umher, eine Küchenmaschine fliegt in die Luft, und ein Hund im karierten Regenmantel hopst über die Straße.

Bert von Norden: Das Dorf der zwei Monde
© 2024 Bert von Norden

Verlag: BoD · Books on Demand GmbH,
In de Tarpen 42, 22848 Norderstedt
Druck: Libri Plureos GmbH,
Friedensallee 273, 22763 Hamburg
ISBN 978-3-7693-0796-2

Umschlaggestaltung, Layout, Satz
© 2024 Geerdes Kommunikation, Rosengarten

Bibliografische Information der Deutschen Nationalbibliothek:
Die Deutsche Nationalbibliothek verzeichnet diese Publikation
in der Deutschen Nationalbibliografie; detaillierte bibliografische
Daten sind im Internet über dnb.dnb.de abrufbar.

Vor ein paar Jahren in Griechenland

»*Was für eine Sauerei!*«, schimpfte Eddie Luckner, als er sich neben dem Namco Pony aufrappelte und sich im Schutz des kleinen kantigen Geländewagens, 1977 in Thessaloniki vom Band gelaufen, Staub von den sandfarbenen Klamotten klopfte. Luckner zwinkerte ein paar Mal, wischte sich fluchend einige Sandkörner aus den Augenwinkeln und versuchte, im Rauch etwas zu erkennen. Nachdem dieser sich einigermaßen verzogen hatte, konnte Luckner erleichtert sehen, dass die zwei großen Marmorsäulen immer noch unter ihrer Plane auf der Ladefläche des Steyr 680M, eines ausgemusterten Lastkraftwagens der Schweizer Armee, der auf zweifelhaften Wegen die Peloponnes erreicht hatte, festgezurrt waren.

»*Allēloúïa!*«, entfuhr es dem Fahrer des LKW, nachdem er vorsichtig hinter seinem Lenkrad hervorgetaucht war, um freudig festzustellen, dass zwar die Frontscheibe des Führerhauses durch diverse Einschusslöcher verunstaltet war, sein Sousaphon aber bis auf eine kleine Delle im Schalltrichter keine Schramme abbekommen hatte. Erleichtert schloss der Grieche sein geliebtes Musikinstrument, das auf dem Beifahrersitz angeschnallt war, in die Arme.

Mit sandiger Frisur und verstaubten Augenbrauen kroch unter dem LKW ein dritter Mann hervor. Der hatte dort Deckung gesucht, nachdem heimtückisch aus den Büschen das Feuer auf die Männer und ihre zwei Fahrzeuge eröffnet worden war, und er geistesgegenwärtig zwei Rauchgranaten auf die Straße geworfen hatte. Als die Granaten unmittelbar vor dem unbekannten Schützen detoniert waren, hatte der sich schnurstracks über die kargen Felsen im Schutz einiger Aleppo-Kiefern, aus deren Rinde das Harz geerntet wird, das dem Retsina seinen Geschmack verleiht, davon gemacht.

Es roch nach abgefackelten Feuerwerkskörpern. Die Luft flimmerte. Hinter einem Mastixstrauch geduckt beobachtete eine Waldschnepfe, was da einige Meter vor ihr auf der sandigen Piste vor sich ging.

»Alles in Ordnung, Chatzi?«, rief Luckner dem Mann im Führerhaus des LKW zu.

»Ja, und bei Euch?« Der Fahrer hatte die Seitenscheibe heruntergekurbelt, hielt den verschwitzten Kopf aus dem Fenster. Seine feuchte Stirn glänzte in der Sonne. Er kniff die Augen zusammen, um im sich verziehenden Rauch alles etwas besser erkennen zu können.

»Hier auch«, antwortete Luckner.

»Nicht so ganz«, meldete sich der dritte Mann, der neben der Ladefläche des Steyr stand und die Plane angehoben hatte, um den Zustand der meterlangen Säulen zu begutachten.

Luckner kam um den LKW geeilt. »Was meinst du?«

»Sieh es dir an«, forderte ihn der dritte Mann auf.

Als auf die Männer und ihre Fahrzeuge geschossen wurde, hatten die Säulen ein paar Treffer abbekommen, und nun wies deren halbkreisförmige Kannelierung ein paar unschöne Einschusslöcher auf.

Luckner machte ein verkniffenes Gesicht, schaute hin und her, schnaufte kurz durch die Nase. »Nicht schön, aber selten«, meinte er und rief: »Wie weit ist es noch?«

Der Fahrer hatte sich mittlerweile an seinem Sousaphon vorbei gequetscht und schaute nun aus dem Beifahrerfenster des Führerhauses. »Ich schätze, noch 15 Kilometer bis Nea Kios«, gab er zurück.

Der dritte Mann blickte in die Ferne auf die schindelgedeckten Häuser des pittoresken Fischerortes am Argolischen Golfs. »Wie heißt nochmal das Schiff?«, wollte er wissen.

»Die Torte der Kathode*«, antwortete Luckner.*

Eins

Zuvor:
Ein kleiner feiner Knall ließ mich aufschrecken. Ich war wohl kurz eingenickt und massierte mein Sofa, als es an der Tür klingelte. Als ich nachsehen wollte, wer das wohl sein könnte, entdeckte ich ein winziges Loch in meiner Wohnungstür, und ein Reiskorn auf dem Boden liegen. Ich öffnete die Tür.

Das erste worauf mein Blick fiel, war eine violette Lederjacke, die sich hauteng an ein sehr sympathisches Dekolleté schmiegte. Die übrigen wohligen Wölbungen, die sich unter der Jacke abzeichneten, wurden vom matschigen Licht der Treppenhauslampe angenehm betont.

Vor mir stand Penelope Wong, die einzige mir bekannte Frau, die ein Reiskorn mit den Fingern durch eine geschlossene Tür schnippen kann. Breitbeinig, die Hände ich die Hüften gestemmt, durchbohrte sie mich mit einem Blick, so scharf wie eine 8.000.000-Scoville-Chilischote.

»So, junger Mann«, lächelte sie mich an, »dann lass uns deinen Großvater finden.«

Jetzt:
Wong drückte mir eine gefüllte Papiertüte in die Hand. Die Tüte stammte von der mir bis dato unbekannten Konditorei Glupsch, und war mit dem Spruch *Back to the future* bedruckt. Wong rauschte an mir vorbei in die Tiefen meiner Wohnung hinein und war in meiner Küche verschwunden noch bevor ich irgendetwas zu ihr sagen konnte.

»Ich habe uns eine kleine Leckerei zum Kaffeeklatsch mitgebracht«, hörte ich sie rufen. »Ich weiß zwar noch nicht, wie wir das anstellen, aber mir wird schon etwas einfallen. Also wegen deines Großvaters, meine ich.«

Bevor ich Wong mit der Konditorei-Tüte folgte, sammelte ich das Reiskorn ein, schloss die Wohnungstür und begutachtete das kleine Loch darin. Nichts, was man nicht reparieren könnte, entschied ich.

In der Küche drapierte Wong gerade die mitgebrachten Konditorei-Erzeugnisse auf zwei Kuchenteller, die sie bereits aus dem Schrank gezupft hatte.

»Woher wussten Sie ...«, setzte ich an.

»Wer du bist, und wie ich dich finde?«, führte Wong meine Frage zu Ende. »Dein Großvater hatte zwar seine Geheimnisse vor uns, aber über dich hat er einiges erzählt.«

»Mir gegenüber hat er Sie nie erwähnt«, beschwerte ich mich.

Wong lächelte mich an. »Das ist auch gut so. Und übrigens: Du musst nicht ›Sie‹ sagen, nenn mich einfach Pen.«

Ich nickte.

»Ich glaube, er wusste etwas, was wir nicht wussten, und mit dem er niemanden behelligen wollte«, erzählte Wong weiter. »Ich glaube, er verfolgte einen Plan. Er wusste stets ganz genau, was zu tun war ... immer war alles perfekt organisiert.« Sie trug die Kuchenteller, belegt mit zwei luftigen, saftigen und in der Mitte fruchtigen Quarkplundern, in mein Wohnzimmer. »Gerne würde ich sagen, einfach so plötzlich von der Bildfläche zu verschwinden, wäre nicht seine Art ... aber, naja.«

Ich dachte kurz nach. »Du meinst, sein Verschwinden gehört mit zu dem ... Plan?!«

»Ich weiß es nicht. Aber nun erzähl doch mal«, forderte Wong mich auf. Sie schlüpfte aus ihrer Lederjacke und besetzte mein Sofa – ebenfalls aus Leder, aber im Gegensatz zu Wong, schwarz und kantig. Wong schlug die Beine übereinander, balancierte ihren Kuchenteller auf einem ihrer Knie.

Während wir unsere kleine Leckereien genossen, berichtete ich Wong von allem, was passiert war. Vom Verschwinden meines Großvaters, vom Wichtelmännchen und dem Sparkommissar, von der weißen Welt, von Dr. Tetraeder und den Allwissenden, vom *Multigravitationshaus* und der Schlacht in der Bar Kokolores.

Mein ausführlicher Bericht weitete sich aus wie ein Tropfen Geschirrspülmittel auf einem Teller Hühnersuppe, schien uns aber in der Sache nicht weiter zu bringen. Wong nickte dann und wann, schüttelte den Kopf oder steuerte ein nichtssagendes »hm« bei, hatte aber ansonsten dazu nicht all zu viel zu sagen und schien von den absurden Geschehnissen auch nicht besonders beeindruckt zu sein.

»Da hast du ja einiges erlebt«, sagte sie, nachdem ich zu Ende erzählt hatte.

Sie dachte nach. »Dann weißt du ja, dass ich zusammen mit ein paar Anderen für deinen Großvater gearbeitet habe«, meinte sie, stellte ihren leeren Kuchenteller beiseite und wischte sich mit dem Handrücken ein paar Zuckerguss-Krümel aus dem Mundwinkel. »Er war ein Geheimniskrämer. Er hat uns nie verraten, was das für Dinge waren, die wir für ihn beschaffen sollten. ... Vielleicht hätte ich mal in eines der Pakete reinschauen sollen, die wir für ihn besorgt haben.

Aber wir hatten eine Vereinbarung mit ihm, eben dies nicht zu tun«, sagte sie. Und nach einer kurzen Pause: »Ich gebe zu, es wird nicht einfach, herauszufinden, wo dein Großvater sein könnte.«

»Was ist denn mit Mombusa oder Luckner ... könnten die nicht ...?«, fragte ich.

Wong schüttelte den Kopf. »Die wissen genauso wenig wie ich. Da bin ich mir ziemlich sicher.«

Wir saßen einen kurzen Moment still da.

»Findest du es nicht merkwürdig, dass dir all diese Sachen passiert sind, nach dem du angefangen hast, deinen Großvater zu suchen?«, fragte Wong.

»Was meinst du damit?«

»Es macht fast den Eindruck, als würden dir diese, ich nenne sie mal ›Vorfälle‹, die Suche absichtlich erschweren«, erklärte Wong. »Als würden dir zielgerichtet Schwierigkeiten in den Weg geworfen, damit du deinen Großvater nicht so schnell findest.«

»Hm, darüber habe ich noch nicht nachgedacht ...«, meinte ich.

»Okay, sein Verschwinden muss etwas mit den Paketen und den Dingen darin zu tun haben«, beschloss Wong. »Aber wo fangen wir an ... Hat Dir dein Großvater überhaupt keine Nachricht hinterlassen, oder irgendeinen Hinweis?«, wollte sie nun wissen.

»Nein«, war meine kurze, aber präzise Antwort.

Draußen knallte es gewaltig. Ich stand auf, schaute aus dem Fenster hinaus und stellte fest, dass mein merkwürdiger Nachbar durch sein Küchenfenster gewaltsam einen alten Ledersessel aus seiner Wohnung entfernt hatte. Dieser lag nun als unattraktiver Trümmerhaufen aus Holz, Leder und Metallfedern vor dem Haus, machte den Gehweg unpassierbar. Mein Nachbar wedelte mir mit seiner Gasmaske von seinem Fenster eine kurze Begrüßung zu, bevor er wieder in seine Küche verschwand.

Im gegenüberliegenden Schulgebäude gab es eine Souterrainwohnung, deren Fenster mit gerafften Gardinen verschönert waren. Aus deren Eingang kam der dort wohnende Schulhausmeister auf die Straße geeilt. Er hielt eine Schneeschaufel mit beiden Händen umklammert und schaute sich grimmig um, wer ihm beim Genuss seiner Lieblings-Daily-Soap *Bratwurst und bebende Leidenschaft* gestört hatte.

In Folge 2146 stellt nämlich die Anästhesie-Assistentin Gaby fest, dass der vor ihr ausgebreitete, angeschlagene Patient der lokale Wurstfabrikant Ansgar ist – Stiefvater von Frieder, Besitzer einer Imbissbude –, der heimlich mit seiner Jugendliebe Leni, Mutter von Gaby, nach Sansibar abhauen will.

Jeanette, Ansgars Frau, ahnt von nichts, ist aber ohnehin für die Handlung der Serie nicht besonders relevant.

Hotelbetreiberin Doris, die ein Verhältnis mit Frieders Zwilligsbruder Elmar hat, und im Reisebüro war, um ihren Urlaub in der Sächsischen Schweiz zu buchen, konnte dort beobachten, wie Ansgar zwei Flugtickets nach Sansibar abholte. Nun hat sie versucht, Ansgar zu erpressen. Auch wegen der Sammlung alter Autoreifen, die sie auf Ansgars Firmengrundstück entdeckt hat.

Im Krankenhaus wird Gaby vom Rettungssanitäter Maurice berichtet, dass Elmar – der gar nicht weiß, dass er einen Zwillingsbruder hat – früher eine WG in Bergisch Gladbach mit ihm bewohnte. Bei der anschließenden Begegnung mit Elmar erkennt Gaby in ihm den jungen Mann wieder, der ihr während ihres Medizinstudiums in Genf als Paolo vorgestellt wurde.

Frieder ist derweil im Baumarkt, um sich einen Innensechskantschlüssel für die Montage einer neuen Wursttheke zu beschaffen. Im Kassenbereich lernt er Jeanette kennen, weil er einen teuren Keramik-Übertopf, der aus Jeanettes Einkaufswagen stürzt, davor bewahrt, auf dem Boden zu zerschellen.

Weil der Schulhausmeister nicht ausmachen konnte, woher der Lärm kam, der ihn aus der komplexen Serien-Handlung gerissen hatte, zog er sich kopfschüttelnd wieder in seine Wohnung zurück. Die Schneeschaufel schleifte er lustlos hinter sich her.

Als ich mich wieder Wong zuwandte, lief die mit verschränkten Armen in meinem Wohnzimmer umher. Wongs Lederjacke, die sie sich wieder übergeworfen hatte, quietschte wie ein durstiges Mäuschen.

Wären mein Besuch und ich Protagonisten in einem Film oder Roman gewesen, hätte Wong plötzlich eine Eingebung gehabt, und wir wären in ein wahnwitziges Abenteuer verwickelt worden, das uns nach einer rasanten Verfolgungsjagd und der Begegnung mit den schießwütigen Schergen einer uns nicht wohlgesonnenen Geheimorganisation schließlich zu meinem Großvater geführt hätte.

Aber leider lief Wong nur nachdenklich auf und ab, und ganz unspektakulär klingelte mein Telefon. Es war der Gernot.

»Das war noch längst nicht alles. Da kommt noch was. Du solltest aufpassen«, meinte der, ohne mir erst einmal ›Hallo‹ zu sagen. »Und übrigens: Dein Besuch ist fort.«

»Was?«, fragte ich verdutzt. Dann verstand ich, drehte mich um, und tatsächlich: Wong war weg.

Als ich die leeren Kuchenteller in die Küche zurückbrachte und ins Spülbecken stellte, nachdem ich die letzten Quark-Plunder-Krümel mit einer lockeren Handbewegung in den Mülleimer befördert hatte, huschte ein Silberfischchen in den Abfluss.

Ich dachte: »Soso.«

Zwei

Am Abend besetzte ich, kurz nachdem die Bar geöffnet hatte, meinen Stammplatz am massiven, neuen Zement-Tresen der Kokolores. Der ebenfalls neue, nicht weniger massive Barkeeper, mit blondiertem Man Bun Undercut und ähnlich dunkler Hornbrille wie sein Vorgänger, spülte gerade ein paar Gläser aus. Die Ärmel seines schwarz changierenden Hemdes im Ausbrenner-Look, das am Bauch etwas spannte, hatte er nach italienischer Art hochgekrempelt und nickte mir gähnend zur Begrüßung zu. Dann trocknete er die Gläser mit einem modrigen Lappen ab, der lässig über seine Schulter gelegt war. Das übergebliebene Kunstfaserhemd des vorigen Barkeepers hatte man in einen pseudo-barocken Bilderrahmen eingesperrt und hinter dem Tresen an die Wand genagelt.

Nach der üppigen Randale war das ohnehin bereits lädierte Interieur der Kokolores weitgehend wieder hergestellt worden, so dass nichts mehr erahnen ließ, was hier vor ein paar Tagen los gewesen war. Der leichte Geruch nach Spanplatten und frischer Farbe konnte allerdings nicht gegen die Aromen von Alkoholika und Parfums anstinken, die sich in der Einrichtung Bar in den Abenden nach dem Zwischenfall wieder festgefressen hatten.

Die neu installierten gläsernen Regale präsentierten eine reichhaltige Auswahl alkoholischer Getränke. Bekannte Gesöffe, aber auch Raritäten mit schicken Flaschen-Etiketten – perfekt für Oldschool-Drinks und abenteuerliche Kreationen.

Die Decke der Bar war nicht mehr mit Styropor, sondern mit

raffiniert geformtem Bauschaum verkleidet, der nachträglich noch lackiert worden war, so dass es nun in der Kokolores aussah, als befände man sich auf einer Exkursion durch eine goldene Tropfsteinhöhle. Nicht ganz passend dazu waren die Wände mit frischem karminrotem Pannesamt bezogen. Statt des Spielautomaten hatte man dem Interieur ein Aquarium spendiert, an dessen Grund ein kleiner Totenkopf von Zeit zu Zeit Blubberblasen ausspie und damit die über ihm kreisenden Guppys irritierte. Das Porträt des bärtigen Mannes mit Ledermütze war leider dem Sachschaden zum Opfer gefallen. Ebenso die kleinen Vasen mit den Ranunkeln, die ich ohnehin nicht mochte. Aus den kleinen, in verschiedenen Ecken der Decke angebrachten Lautsprecherboxen nölte Mark E. Smith: »I can hear the grass grow«.

Langsam aber schneller als üblich füllte sich die Bar mit Gästen. Das lag wohl daran, dass an diesem Abend in der benachbarten Diskothek Brummbunker ein Konzert von *Ben Elektro feat. Ketchup-Blondie* stattfinden sollte, und man sich in der Kokolores zum altbekannten Vorglühen traf. Der Name der Band sagte mir nichts, aber ich entdeckte einen herumliegenden, schief geschnittenen Flyer, kopiert auf neonfarbenem Papier, der irgendeinen Ambient-Disco-Murks androhte.

Immer mehr breitete sich der Geruch von Haarspray und Duftwässerchen aus. Es dauerte nicht lange, bis mich das penetrante Publikum, das sich mit komischen Frisuren und farbenfrohen Klamotten darauf freute, im Brummbunker den Tanzboden malträtieren zu dürfen, unangenehm berührte.

Kurz nach Konzertbeginn, als in der Bar etwas Ruhe eingekehrt war, und man durch die Wände ein eintöniges Wummern aus der Diskothek nebenan wahrnehmen konnte, verließ ich nach dem Genuss zweier leckerer Kaltgetränke die Kokolores und schlenderte gemütlich durch die leeren Straßen nachhause. Am Straßenrand lagen grelle, gesichtslose Kürbisse, über die ich mich ein wenig wunderte.

»Kissenschlacht!«, schrie plötzlich jemand, und wie auf Kommando flogen daraufhin unzählige Kissen aus unterschiedlichen Richtungen kreuz und quer an mir vorbei, verfehlten mich nur knapp. Einige blieben an Hausecken und scharfen Kanten von Straßenschildern hängen und rissen auf, oder prallten so heftig aufeinander, dass sie aufplatzten, und sich massenhaft Federn in der Luft verteilten.

Bald konnte ich nichts mehr sehen, sondern war nur noch damit beschäftigt, mir kitzelnde Daunen aus dem Gesicht und aus dem Nacken zu fuchteln. Immer mehr Kissen wurden geworfen, gingen kaputt, und immer mehr leere Kissenbezüge segelten auf die Straße herab.

Nach und nach baute sich um mich herum eine riesige Wand aus Federn auf. Wie ein gigantisches Federbett ohne Bettbezug. Egal, in welche Richtung ich schaute, überall Federn. Ich konnte nichts ausmachen, an dem ich mich hätte orientieren können, um dem flauschigen Gestöber zu entfliehen.

Ich bewegte mich in einem federfreien, sich dahin schlängelnden, ständig die Richtung wechselnden Korridor zwischen kuschelig weichen Wänden, die um mich herum waberten und alle Geräusche verschluckten. Es war ganz still geworden.

Da vernahm ich ein undefinierbares Quietschen, dass sich mir von irgendwo vor mir durch den Korridor zu nähern schien. Und plötzlich kam um eine Linkskurve, die eben noch eine Rechtskurve war, ein Bürostuhl auf mich zugerollt. Auf ihm saß ein sichtlich erboster Dr. Tetraeder, der gerade dabei war, sich einige Daunen von seinem Laborkittel zu schütteln. Ich stoppte den Bürostuhl, der sich einen Weg durch die weißen und bunten Bezüge bahnte, die die Straße nun wie ein Teppich bedeckten, mit meinem Fuß.

»Dafür habe ich überhaupt kein Verständnis!«, schimpfte Dr. Tetraeder wild gestikulierend. »Ich war gerade dabei, ein hochbrisantes Experiment zu vollführen ... ich kann Ihnen sagen ...« Er holte tief Luft. »... die Einzelheiten erspare ich Ihnen ... und plötzlich dieser Kissenschlacht-Unsinn! Da glaubt wohl jemand, ich hätte nichts besseres zu tun! Was soll das hier überhaupt?!« Tetraeder schaute sich mit hastigen Kopfbewegungen um.

»Tja, keine Ahnung«, musste ich zugeben. »Das Ganze hat mich ebenso überrascht wie anscheinend Sie. Ich war noch etwas trinken in der Kokolores, wollte jetzt nach Hause ...« Ich zuckte ratlos mit den Schultern.

Tetraeder beruhigte sich wieder. »Irgendwie ist das ganze Gefüge durcheinander geraten. Vielleicht war die Sternenexplosion im Zündkerzennebel dafür verantwortlich ... ich weiß es nicht. Jedenfalls ist der Lauf der Dinge verquer ... und Sie müssen dieses Chaos beseitigen.«

»Ich?«, fragte ich überrascht. »Was habe ich denn damit zu tun?«

»Sie und Ihr Großvater ... da gibt es irgendeine Verbindung ...«

Weiter kam er nicht, denn plötzlich, ohne dass Tetraeder irgendetwas getan hatte, setzte sich der Bürostuhl in Bewegung, begann, sich auf der Stelle zu drehen. Tetraeders Augen weiteten sich vor Überraschung. »Was ist ...«, hörte ich ihn noch sagen. Der Stuhl drehte sich erst langsam, dann immer schneller, bis man nichts mehr von ihm und Dr. Tetraeder erkennen konnte, nur noch ein Zischen und das Rotieren der Rollen auf der Straße vernahm. Einige Kissenbezüge wurden durch die Rotation davon geschleudert. Ich trat zur Sicherheit ein paar Schritte zurück.

Auf einmal löste sich Tetraeder vom Stuhl, sauste wie eine Rakete schräg nach oben davon. Mit einem lauten ›Plopp‹ durchschlug er eine der Feder-Wände, worauf die Federn davonstoben, und die Wände begannen, sich langsam aber stetig in Wohlgefallen auflösten. Die restlichen losen Federn und die herumliegenden Kissenbezüge wurden schließlich vom Wind in alle Himmelsrichtungen fortgeweht, bis es so aussah, als wäre auf der Straße überhaupt nichts passiert. Zurück blieben ich und der leere Bürostuhl, der sich noch ein paar Mal, immer langsamer werdend drehte, bis er endlich still dastand.

Anscheinend hatte niemand etwas von dem Spektakel mitbekommen. Die wenigen Passanten, die zu dieser späten Stunde noch unterwegs waren, gingen ihrer Wege.

Ich gab dem Bürostuhl einen Tritt, so dass der davonrollte, mit einer leeren Getränkedose kollidierte, bevor er vom nächsten Bordstein gebremst wurde und umkippte.

Mein Telefon klingelte, es war der Gernot: »Du kannst jetzt nachhause gehen. Hier passiert nichts mehr.«

»Habe ich dich schon jemals gefragt, woher du eigentlich

anrufst«, fragte ich den Gernot. »Oder warum dies immer im richtigen Moment passiert?«

»Definitiv nicht«, antwortete der Gernot.

»Und wenn ich dich fragen würde«, wollte ich wissen.

»Dann könnte ich dir die Frage nicht beantworten.«

Drei

Ich saß auf meinem Sofa und schaute aus lauter Langeweile im Fernsehen eine neue Ausgabe der überflüssigen Spiel- und Dating-Show *Fang den Frosch*. Die Spielregeln waren für mich nicht nachvollziehbar, auch nicht, warum man bei dieser Show überhaupt als Kandidat mitmachen sollte. Außer zweifelhafte Berühmtheit und vielleicht einen neuen Partner oder eine neue Partnerin fürs Leben – vorausgesetzt, die spontan verkuppelten Traumpaare würden es tatsächlich über einen längeren Zeitraum miteinander aushalten – gab es nämlich nichts zu gewinnen.

Mein Telefon klingelte rückwärts. Überraschenderweise rief mich Eddie Luckner an. »Störe ich gerade?«, fragte er.

»Überhaupt nicht«, gab ich zu.

»Ich weiß, es ist schon etwas spät, aber könnten Sie heute noch bei mir vorbeikommen?«

»Hm, um was geht es denn?«, wollte ich wissen.

»Das kann ich Ihnen am Telefon nicht sagen. Ich muss Ihnen etwas zeigen. Also bis gleich«, meinte Luckner und legte auf.

Ich schaltete den Fernseher aus, griff mir meine Umhängetasche und machte mich auf den Weg.

Begleitet von den sakralen Melodien der Doom-Metal-Heroen Bolt Thrower polterte ich mit meinem '65er Borgward über das Kopfsteinpflaster. Die Lederbeschallung meines Autos bibberte. Regennasser Rhabarber glänzte unter dem strahlenden Licht des Vollmonds. Der Bitumen-Pokal hob sich fräsend von der Kashmir-Galosche empor und flötete dabei eine greise Melodie.

Als ich einen Parkplatz ergattert hatte und aus dem Auto stieg, schleuderte ein Windstoß von rechts einen zermatschten Eierkarton auf die Straße. Von der gegenüberliegenden Straßenseite schallte ein affiges Gelächter herüber. Jemand lachte sich den Kopf leer.

Kaum hatte ich den Knopf von Luckners technisch nicht ganz einwandfreier Gegensprechanlage gedrückt, entriegelte auch schon mit einem leisen Summen die Pforte des mannshohen, gusseisernen Zauns, der das Anwesen zur Straße hin abgrenzte.

Ein paar metallene Gartenfackeln warfen ihr flackerndes Licht auf den Weg und auf ein ein paar Kellerasseln, die davonflitzten, als mein Schatten sich ihnen näherte. Milchigweißer, feuchter Kies knirschte unter meinen Schritten. Neben der Eingangstür waren zwei Marmor-Frösche platziert, die einen debil anglotzen. Die ausgelatschte Kokos-Fußmatte vom letzten Mal hatte Luckner gegen ein teppichähnliches knallgelbes Modell ausgetauscht, auf dem in großen Buchstaben ›peng!‹ stand. Sofort hatte ich den markanten Farfisasound von Stereolab im Ohr.

Eddie Luckner öffnete bereits die Haustür und erwartete mich in Filz-Pantoffeln und einem langen Tartan-Hemd, das aussah wie eine Mischung aus Schlafanzug und dem Bühnen-Outfit einer Grunge-Band. Seine Haare waren etwas zerzaust. Er schaute mich mit großen Augen an.

»Kommen Sie.« Aufgeregt wedelte er mich mit einem Arm herein.

Nicht nur draußen vor der Tür, sondern auch im Korridor war umdekoriert worden. Die gruselige und fragwürdige Ansammlung überflüssiger Dekorationsgegenstände, die mich bei meinem letzten Besuch erschaudern ließ, war zwischenzeitlich einem erholsamen Nichts gewichen. Lediglich an einer blanken Wand hing ein altes, rissiges Kinoplakat, das mit blutiger Schrift den Horror-Schocker *Reinhold und die schmackhafte Mumie* bewarb.

Luckner führte mich in die mir schon bekannte, üppig ausgestattete Bibliothek mit den von Einschusslöchern verhunzten Marmorsäulen.

»Darf ich Ihnen etwas anbieten?«, fragte Luckner. »Ich habe hier einen sehr schmackhaften, schottischen Whisky eines guten Freundes.« Er präsentierte mir eine bauchige Flasche, auf dessen Etikett der unaussprechliche Name *Draoidheachd Croach* stand.

»Nein, danke«, antwortete ich. »Ich möchte lieber wissen, weswegen Sie mich noch zu so später Stunde sehen wollten.«

Während Luckner wieder in seinem fäkalbraunen Ledersessel Platz nahm, zwängte ich mich in ein transluzentes Designer-Sitzmöbel, dass aussah wie ein riesiges durchsichtiges Ei, in das jemand eine kräftige Delle geschlagen hatte.

Luckner holte tief Luft und zog sein Hemd zurecht. »Sie wissen ja mittlerweile, dass Ihr Großvater kein normaler rüstiger Rentner ist.« Ich schaute Luckner erwartungsvoll an. »Er ist ... Unternehmer. Und Penelope Wong, Hippolith Mombusa, Gerd-Oliver Brimborium und ich haben für ihn gearbeitet.«

Ich nickte: »Ja, das habe ich bereits von Kapitän Brimborium erfahren.«

»Gut, dann wissen Sie ja auch, dass wir für Ihren Großvater auf der ganzen Welt Dinge beschafft haben ...«

»... und Sie haben nie erfahren, was es für Dinge waren«, ergänzte ich Luckners Ausführung ungeduldig.

»Ganz genau. Und jetzt schauen Sie mal.« Luckner erhob sich aus seinem Sessel, der dabei unappetitlich quietschte. »Ich habe etwas entdeckt«, raunte er geheimnisvoll und zeigte auf ein kleines Tischchen, das vor seinem immensen Bücherregal stand. Darauf lag eine etwa Handball-große, azur schimmernde, gläserne Kugel, die mit etlichen, ziemlich kleinen Beulen übersät war. Das Ding sah aus wie eine Horngurke mit falscher Farbe.

»Was ist das?«, wollte ich wissen.

»Das ist ...« Luckner machte eine bedeutungsvolle Pause, in der er erneut tief Luft holte. »... der kleine blaue *Grumpelmann.*«

»Wie bitte?« Ich erinnerte mich, dass mir Leoa in der Kokolores aufgetragen hatte, eben diesen Grumpelmann zu finden.

»Passen Sie auf.« Luckner holte die Kugel von seinem Schreibtisch, balancierte sie auf einer Hand und hielt sie mir mit einem Grinsen entgegen. »Wenn man sie so platziert ...« Er zeigte auf zwei größere Beulen jeweils oben und unten auf der Kugel. »... entspricht ihre Ausrichtung der unserer Erde.«

Mein Stirnrunzeln hatte sein Optimum erreicht. Ich traute mich nicht zu fragen, woher Luckner diesen Grumpelmann bekommen hatte, oder wie er darauf kam, dass das Ding unsere Erde darstellen sollte.

Aber Luckner erklärte weiter: »Ich denke, diese ganzen kleinen Beulen auf dem Grumpelmann sind Orte auf der Erde. Aber nicht irgendwelche Orte, sondern einige, an denen wir

Dinge für Ihren Großvater beschafft haben. Ich habe die Kugel nämlich mit einem Globus und verschiedenen Landkarten verglichen.«

»Okay«, sagte ich. Nun schien Luckners Erklärung für mich nachvollziehbar. Spontan musste ich an Kapitän Brimboriums Frage denken, warum ein Globus so ausgerichtet ist, dass Norden oben ist. Ob Luckner eine Antwort darauf wusste?

»Wissen Sie was?« Luckner unterbrach meine gedankliche Abschweifung. »Nehmen Sie den Grumpelmann mit. Vielleicht kann er Ihnen bei der Suche nach Ihrem Großvater helfen. Und wenn Sie einmal Unterstützung benötigen, rufen Sie mich einfach an. Ich habe überall alte Freunde, und ich kenne Leute, die mir noch etwas schuldig sind und die sich gerne mit Ihnen treffen werden.«

Ich legte das gläserne Objekt vorsichtig in meine Umhängetasche, wobei ich mich mal wieder über deren enormes Fassungsvermögen wunderte. Trotz ihres imposanten Inhalts – ich hatte ja bereits das leere Buch von Mombusa, die *Regenbogenschatulle* (aus der ein enormes Farbenspektakel herausgeschossen kommen kann), den *Taschendunkler* (der es dort, wo man seinen Strahl hinrichtet, dunkel werden lässt), das *Rückrohr* (durch das man sehen kann, was hinter einem passiert) und den *Flixberger* (wozu auch immer der gut sein sollte) darin versenkt – hatte sie nämlich überhaupt nicht an Gewicht zugelegt.

Irgendwoanders: Eine Tür flog auf. Der berühmte Spuk-Katzen-Züchter John Thunfischland betrat sein Haus. Er kam gerade von der täglichen Bestäubung seiner unheimlichen Vierbeiner zurück. Mit Erschrecken musste er feststellen, dass seine Küchenmaschine explodiert war, und nun überall in der Küche an Schränken und Wänden ein Camouflage-Muster aus Kuchenteig klebte. Damit hatte der ältere Herr auch schon seine Schuldigkeit für den weiteren Verlauf der Geschichte getan. »Potzblitz, das war ein kurzer Auftritt«, sagte er und schaltete das Radio ein, um klassische Musik zu hören.

Vier

Der nächste Tag begann wir jeder andere. Die Sonne ging irgendwann auf, und die Vögel zwitscherten ihre Guten-Morgen-Grüße und Warnhinweise in die noch nicht ausgeschlafene Welt hinaus.

Gerade war ich der nebligen Duschkabine entstiegen, stand vor meinem dreitürigen Badezimmer-Spiegelschrank und hatte mein Gesicht mit einer angemessenen Menge Rasierschaum aus der Dose unkenntlich gemacht. Da überraschte mich auf der rechten Tür das Spiegelbild von Hildelotte Hartgras mit den Worten: »Huch, wo bin ich denn jetzt gelandet?!«

»Frau Hartgras«, entfuhr es mir und ich spuckte aus Versehen ein paar Flocken Rasierschaum in ihre Richtung. Ich nahm mein Handtuch und wischte die Flocken vom Spiegel, woraufhin die Mathematikerin und alte Kollegin von Dr. Tetraeder nervös blinzelte. »Was tun Sie hier?«, wollte ich wissen. »Warum sind Sie immer noch nicht bei Ihrem ... Original?« Beim letzten Wort malte ich mit beschäumten Fingern unsichtbare Anführungszeichen in die Luft.

»Wirklich schrecklich«, antwortete Hartgras. »Ich weiß gar nicht, wie das passiert ist. Wie bin ich denn hierher gekommen? Wo bin ich ... also als reale Person ... überhaupt?«

»Ich weiß nicht. Ich schätze, Sie sitzen immer noch in dem Campingstuhl vor der Spiegelwand in der Weißen Welt.«

»Oh nein«, bedauerte Hartgras.

»Wie Sie aber wieder dorthin finden, kann ich Ihnen leider nicht sagen«, musste ich gestehen. »Ich weiß ja nicht einmal genau, wie ich seinerzeit dorthin gekommen bin.«

Hartgras machte dicke Backen, als habe sie vor, einen Luftballon bis zum Platzen aufzublasen.

Da hatte ich eine Idee: »Bürgermeister Umprecht ...« Wieder spuckte ich beim Sprechen ein paar Rasierschaum-Flocken an den Spiegel. Mir fiel ein, dass ich ja nach der Sache mit der Weißen Welt und der gigantischen Spiegelwand im Büro des Bürgermeisters in unserem Rathaus gelandet war. »... vielleicht kann der Ihnen helfen.«

Hartgras lächelte mir mit geneigtem Kopf zu. »Dann wäre es sehr nett, wenn Sie mich zu ihm brächten.«

Ich dachte nach. »Wir müssten uns überlegen, wie wir Sie in mein Auto bekommen ...«

»Ach, das kriege ich hin«, meinte Hartgras. »Wo steht Ihr Auto denn?«

»Unten vor der Tür. Es ist ein Borgward, der einzige Borgward hier in der Gegend übrigens.«

»In Ordnung. Dann treffen wir uns dort in 10 Minuten.«

Hartgras' Konterfei verschwand von meinem Spiegelschrank. Ich beeilte mich, mit einem Handtuch mein Gesicht vom Rest des Rasierschaums zu befreien.

Ich hatte den Eindruck, dass neuerdings ständig von einem zum anderen Tag das Wetter wechselte. Am Vortag noch verteilte sich das welke Laub der Bäume großflächig auf den Wegen und Straßen. An diesem Tag allerdings blendeten mich in allen erdenklichen Farben strahlende Blüten, die in Vorgärten und Grünanlagen in der Sonne zu explodieren schienen.

Im Hinblick darauf, was ich in der letzten Zeit alles erlebt hatte – sprechende Steine, Menschen ohne Spiegelbild, andere, die von jetzt auf gleich in gelbem Staub verpufften – konnte mich nichts mehr wirklich überraschen. Und dass dies alles durch eine Sternenexplosion ausgelöst wurde, für die ein Wissenschaftler aus dem 18. Jahrhundert verantwortlich sein sollte – wie Tetraeder mir gegenüber vor einiger Zeit anklingen ließ – konnte ich mir aber nicht vorstellen.

Mit meinem 52 PS starken Borgward kutschierte ich gemütlich durch die aufwachende Stadt. Die morgendliche Sonne war sich selbst zu hell und suchte Schutz im Schatten einiger kuscheliger Federwölkchen.

Ein Großflächenplakat an einer Bahnunterführung bewarb eine Ausstellung, die am Abend in unserem Museum eröffnet werden sollte: *Italienische Fensterrahmen mit Sahne*. Ich beschloss, später zur Ablenkung dort einmal vorbei zu schauen.

»Was macht man eigentlich so als Spiegelbild, wenn man gerade nicht sein Original vor sich hat?«, wollte ich von meiner Mitfahrerin wissen, die sich so im Rückspiegel platziert hatte, dass ich mich mit ihr während unserer Fahrt unterhalten konnte.

»Hm«, brummte Hartgras. »Das kann ich Ihnen ganz schlecht beschreiben. Wenn man sein Original verloren hat, ist man sozusagen *inaktiv*. Aber auch ruhelos, weil man ja an sein Original gebunden ist. Man kann schließlich schlecht das Spiegelbild von irgend einer anderen Person werden. Wobei ... so etwas soll es schon gegeben haben.«

Ich staunte. »Sie meinen, man schaut in den Spiegel und sieht jemand fremdes?«, wollte ich wissen.

»Ja, ganz richtig. Unheimlich, nicht wahr?! Aber glücklicherweise soll es bisher nur Personen passiert sein, die bereits wussten, wie sie aussehen.«

Das fand ich in der Tat etwas gruselig.

Vor mir schämte sich eine Ampel rot.

Ich parkte auf der Rückseite unseres Rathauses, nicht weit von der Stelle entfernt, an der ein Gedenkstein an die Hinrichtung einer verwirrten Giftmörderin erinnerte, die im 19. Jahrhundert mit zwei Mordserien das beschauliche Leben in unserer Stadt erschütterte.

Ich wusste ja, wo Umprechts Büro zu finden war. Also eilte ich zügigen Schrittes durch das reich verzierte Hauptportal unseres Rathauses am Pförtner vorbei – der mir mit einem Brötchenbissen im Mund mit erhobener Kaffeetasse noch einen Gruß hinterher schickte – die knarzenden Treppenstufen hinauf.

Als ich nach einem freundlichen Klopfen Umprechts Büro betrat, war der gerade wieder dabei, einarmige Liegestütze zu absolvieren.

»Ah ... Sie ... hallo«, pustete Umprecht bei seinem Auf und Nieder auf dem dunkelgrünen Teppichboden. Er stand auf, zupfte seinen verrutschten Anzug und seine Frisur zurecht. Dann blätterte er in seinen Terminkalender, der aufgeschlagen auf dem Schreibtisch lag. »Ich glaube, Sie sind schon wieder etwas zu früh dran«, bemerkte Umprecht, und nach einer kurzen Pause: »Hier steht ja gar nichts.«

»Ich war auch nicht angekündigt«, informierte ich den Bürgermeister. »Es ist sozusagen ein Notfall.«

Umprecht schaute mich skeptisch an: »Ich hoffe, Ihnen ist nichts abhanden gekommen. Denn es ist wichtig, dass Sie stets alles dabei haben, was Sie von Ihrem Großvater bekommen haben oder er für Sie hinterlegt hat.«

»Nein, das ist es nicht, bei mir ist alles in Ordnung«, beruhigte ich den Bürgermeister und tätschelte wie zur Bestätigung meine Umhängetasche. »Aber ich habe jemanden mitgebracht, der Ihre Hilfe benötigen könnte.« Ich hoffte, Hildelotte Hartgras war mit heraufgekommen und noch in meiner Nähe.

»Ach so? Ja, wen denn?« Umprecht reckte sich, versuchte, jemanden hinter mir zu entdecken.

«Huhu!«, tönte es plötzlich von der anderen Seite des Büros. Dort befand sich ein eindrucksvoller Kamin aus französischen Marmor, in dem allerdings noch nie ein Feuer gebrannt hatte. Auf seinem Sims stand ein großer Messingteller mit eingraviertem Pottwal, der daran erinnerte, dass vor langer Zeit der Walfang für unsere Stadt ein lukratives Geschäft gewesen war. Und in diesem Teller erschien uns das Spiegelbild von Hildelotte Hartgras, aufgrund der Beschaffenheit des Messings allerdings etwas verschwommen und mit leichten Dellen.

Bürgermeister Umprecht bekam große Augen. Ihm schien ein imposantes Fragezeichen ins Gesicht geschrieben zu sein. Vorsichtig nahm er den Teller vom Kaminsims. Ich erklärte ihm, was los war.

»Bitte heute keine Anrufe mehr durchstellen«, ordnete Umprecht spontan über die Gegensprechanlage auf seinem Schreibtisch an. Dann klemmte er sich den Messingteller unter den Arm. Hartgras sagte zwar noch etwas, das konnte ich aber leider nicht verstehen.

Umprecht öffnete einen seiner Büroschränke. »Die Pflicht ruft«, sagte er stolz. »Machen Sie bitte das Licht aus, wenn Sie gehen.« Der Bürgermeister stieg in den Schrank und schloss die Türen hinter sich.

Ich wartete noch einen kurzen Moment, schaute durch die deckenhohen Bleiglasfenster auf den Rathausplatz mit dem sechseckigen Stadtbrunnen hinaus. Als Umprecht nicht wiederkam, öffnete ich vorsichtig den Schrank, den der Bürgermeister bestiegen hatte. Er war leer.

Ich machte das Licht aus und verließ das Büro durch die von Knorpelwerk umrahmte Tür.

Wir geplant besuchte ich am frühen Abend die gerade eröffnete Ausstellung in unserem Museum. An das aus dem 19. Jahrhundert stammende, klassizistische Gebäude mit historischer Sandsteinfassade, hatte man vor einigen Jahren – laut Kritikern im ›Modernisierungswahn‹ – links und rechts jeweils einen zusätzlichen gläsernen, kubischen Gebäudeflügel angeklatscht. Das Ganze präsentierte sich Kunst- und Geschichtsinteressierten im vorderen Bereich einer historischen Parkanlage – der ältesten unserer Stadt.

Im Eingangsbereich des Museums wurden die Besucher vom sogenannten *Complimentarius* begrüßt. Die lebensgroße, beharnischte Holzfigur aus dem 17. Jahrhundert war eine vorübergehende Leihgabe unseres Rathauses. In ihr war ein Mechanismus aus Gestängen und Gelenken verbaut, der bewirkte, dass wenn ein Besucher eine bestimmte Bodenplatte vor der Figur betrat, die Figur ihre linke Hand zum Gruß hob.

Im Foyer hatte man das imposante Skelett eines Pottwals an die Decke gehängt. Darunter machte sich eine Horde spinnerter Typen mit engen Hosen, Hemden mit Stehkragen, verhunzten Kurzhaarfrisuren und wichtigen Gesichtsausdrücken breit. Schwarz war die vorherrschende Farbe, so dass das Publikum weniger an Besucher einer Kunstausstellung als vielmehr an eine Trauergesellschaft erinnerte.

Man hatte sich um das erste Exponat der Ausstellung versammelt: Vassili Reblaus' Installation *Sündige Sukkulenten*, wie mir ein kleines, neben dem Ausstellungsstück angebrachtes Papierschild verriet. Es wurde getuschelt und geflüstert, sich wahrscheinlich heimlich darüber ausgetauscht, was sich der Künstler bei seinem Machwerk wohl gedacht haben könnte.

Viel ansprechender als das undefinierbare, grüne Zeug von Reblaus fand ich *Die gaffende Gans*, ein Gemälde von Tatjana Blankoček, das tatsächlich eine gaffende Gans zeigte. Dieses Werk bereitete mir weniger Kopfzerbrechen als manch anderes Objekt, wie ich im weiteren Verlauf der Ausstellung feststellen musste.

Gerade begutachtete ich eine überdimensionale Schwarz-Weiß-Fotografie mit dem Titel *Ich bin der Einzige im dunklen Kühlschrank*, Künstler unbekannt, als mich eine Besucherin ansprach.

»Ich verschtehe nicht, weschwegen um diesche schogenannten Kunschtwerke scho ein Aufhebensch gemacht wird«, flüsterte mir die Frau zu. »Ich glaube, vielesch, wasch alsch Kunscht fabritschiert wurde, ischt dann nur alsch scholche deklariert worden, um eine Dascheinschberechtigung zu erlangen.«

»Das kann gut sein«, stimmte ich zu. »Wobei ich von Kunst nicht wirklich Ahnung habe.«

»Pft«, machte die Frau. Im Gegensatz zu der pseudo-intellektuellen Trauergesellschaft aus dem Foyer, war die Unbekannte mit freundlichem Gesicht und komischer Aussprache recht farbenfroh gekleidet. Sie trug einen orangefarbenen

Kapuzenhoody aus Teddyfell, ein grob gestricktes mintgrünes Crop Top, eine weiße Jogginghose mit aufgedrucktem Blumenmuster sowie hellblau Dr.-Martens-Stiefel. »Wasch heischt schon Ahnung. Entweder esch gefällt einem oder eben nicht.«

»Diese Fotografie hier gefällt mir jedenfalls.«

Die Frau schaute auf das Kleine Papierschild neben dem Ausstellungsstück. »Tja, leider weisch man nicht, von wem esch schtammt«, stellte sie fest.

»Das ist ja auch nicht unbedingt wichtig«, meinte ich. »Schließlich gehe ich nicht davon aus, irgendeinen der hier ausgestellten Künstler jemals persönlich kennen zu lernen.«

»... um danach über die Geschichte desch Kunschtwerksch nachzudenken, eigene Interpretatschionen zu finden und schich inschpirieren zu laschen«, führte die Frau grinsend meinen Satz fort.

Ich verstand, was sie meinte: »Ja, genau. Ich hatte noch nie etwas für Interpretationen übrig, schon in der Schule nicht. Warum muss immer ein tieferer Sinn in etwas stecken ...«

»Damit Menschen wie die da ...«, die Frau machte eine Kopfbewegung in Richtung einer Besuchergruppe. »... stundenlang darüber nachdenken können.«

»Das Spiel mit Licht und Schatten ischt wirklich meischterhaft. Esch gibt dem Bild Tiefe und Emotschion«, sagte sie mit leicht ironischem Unterton.

»Wie ein Fenster in eine andere Welt«, ergänzte ich scherzhaft. »Machen Sie sich etwa über die kunstinteressierte Trauergesellschaft lustig?« Wir mussten beide lachen.

»Apropos ›andere Welt‹ ... ich musch jetscht leider losch«, beendete die Frau abrupt unsere Unterhaltung. »Aber ich bin mir tschiemlich schicher, dasch wir unsch noch einmal wiederschehen werden.« Sie hatte bereits eine Visitenkarte gezückt, die sie mir elegant zwischen Zeige- und Mittelfinger geklemmt entgegen hielt. Nachdem ich die Karte genommen hatte, sagte die Frau: »Bisch bald.« Sie schob sich eine Sonnenbrille mit rosafarbenen Gläsern auf die Nase und schlängelte sich zwischen den anderen Besuchern hindurch davon.

Ich schaute ihr nach, betrachtete dann die Karte. Auf dickem, rauen Karton, mit einer Blindprägung veredelt, stand dort lediglich: *Lady Lana Plasma.*

Fünf

Mein Telefon bellte lecker. Ich meldete mich mit einem freundlichen »Hallo?!«

»Da steht ein Paket für dich bereit«, informierte mich der Gernot.

»Was denn für ein Paket?«, wollte ich wissen.

»Keine Ahnung«, antwortete der Gernot kurz und knapp. »Aber ich gebe dir die Adresse, wo du es finden kannst.«

Kaum hatte ich mir die Adresse notiert, da hatte der Gernot auch schon aufgelegt.

Ich musste zu einem alten, verlassenen Industriegelände in der Nähe des ehemaligen Überseehafens fahren.

Meinen Borgward parkte ich in einer unscheinbaren Nebenstraße vor einem Großflächenplakat, welches das Online Casino Ultradorado bewarb. Unter dem großen, goldenen Schriftzug *Ratzfatz Schwein gehabt* war ein Berg Jetons abgebildet, und auf dem saß ein grinsendes rosa Schweinchen.

Die Sonne quälte sich durch schaurige Wolkenknäuel, die aussahen, als hätte jemand einen riesigen Haufen Matsch an den Himmel geworfen. Ein lausiger Wind fegte über das brachliegende Areal.

Eine streunende Katze jagte einem Schmetterling hinterher. Doch der wurde viel zu schnell vom Wind davongetragen. Man konnte der Katze ansehen, dass sie sich darum grämte.

Unter der angegebenen Adresse breitete sich das stählerne Gehäuse einer ziemlich leeren Industriehalle aus. Der Maschendrahtzaun, der das Grundstück umfasste, war fast überall gerissen, zerschnitten oder platt getreten. Verwitterte Reste eines Firmenschildes zitterten am Zaun. Lamellen eines verbogenen Rolltores hatten sich in Kopfhöhe verkeilt, so dass das Hallentor nicht mehr zu schließen war, und ich die Halle dadurch einfach betreten konnte.

Was in der Halle einst produziert wurde, konnte man nicht erkennen. Aber anhand der unterschiedlichen Färbungen auf dem ansonsten eintönig grauen Betonfußboden konnte man erahnen, dass hier einmal verschiedene Maschinen gestanden haben mussten. Vergilbtes Laub war herein geweht worden. An mehreren Stellen des Bodens hatte sich eine braungrüne Ferkelei breitgemacht, von der sich Tropfen lösten und in Richtung Dach aufstiegen. An anderen Stellen hatten sich kleine Pfützen gebildet, in denen sich die matten Dachlichtbänder spiegelten, von denen die Halle mit gleichmäßigem Licht geflutet wurde. Fenster gab es keine. Der Wind pfiff leise eine schaurige Melodie. Schwalben flogen obertonreich zwitschernd unter dem Dach umher. Ein trockenes Brötchen lehnte an einer Hallenwand und schwieg sich über das aktuelle Weltgeschehen aus.

Dann entdeckte ich etwa in der Mitte der Halle neben einem blauen Stahlträger, von dem die Farbe abblätterte, einen einsamen, unbeschmutzten Pappkarton auf dem Boden stehen. Wahrscheinlich das von dem Gernot angekündigte Paket. Als ich mich dem Karton näherte, merkte ich, dass sich etwas in ihm zu bewegen schien. In kurzen Abständen wackelte er nämlich ein wenig und stand dann wieder ganz regungslos auf der Stelle.

Auf einmal verstummten die Schwalben. Oder sie hatten sich einfach in ihre Nester zurückgezogen. Denn nur der leise pfeifende Wind und das Rappeln des Kartons auf dem Beton waren die einzigen Geräusche, die nun zu hören waren. Es war ziemlich unheimlich. Wie in einem Gruselfilm, kurz bevor ein schockierender Moment den Popcorn-, Kartoffelchips- oder Likörpralinen-futternden Zuschauer aus dem Sessel oder vom Sofa reißt.

Das narkotische Kreischen einiger am Himmel vorbeiziehender Kraniche erhitzte mit immenser Spannweite die atonale Atmosphäre. Plötzlich sprang der Deckel des Kartons auf, und hervor kam ... der Bewohner der Hütte.

»Sie?!« Ich konnte kaum glauben, wer da vor mir stand. »Ich ... ich dachte, das Ganze war ...«

»... nur ein Traum?«, ergänzte der Bewohner, während er sich reckte und streckte und mit beiden Händen im Kreuz seinen Rücken dehnte. »Sind Sie da wirklich sicher? Was meinen Sie?« Er grinste mich schelmisch, aber wegen seines verbogenen Rückens etwas verkniffen an.

Ich überlegte. »Na gut, keine Ahnung, aber ... was machen Sie hier?!«

Der Hüttenbewohner klopfte sich ein paar Pappflusen von seiner Kleidung während er aus dem Karton stieg. »Tja, ich dachte, damals ... nach der Sternenexplosion im Zündkerzennebel ... nach Ihrem Besuch ... hätte ich meine Schuldigkeit für den Verlauf der Geschichte getan ... aber siehe da: da bin ich wieder! Ehrlich gesagt, weiß ich nicht, warum.« Er schaute sich um, während er abwechselnd sein linkes und sein rechtes Bein zur Entspannung ausschlackerte. »Vielleicht war es ein Versehen, vielleicht werde ich noch gebraucht, vielleicht muss ich noch irgend etwas erledigen ...« Der Hüttenbewohner überlegte. »Ist der Dinosaurier auch hier?«

»Nicht, dass ich wüsste«, antwortete ich.

»Perfekt!« Der Hüttenbewohner klatschte in die Hände. »Denn jetzt habe ich großen Appetit auf eine schöne Kohlroulade.« Er faltete seinen Karton ordentlich zusammen und klemmte ihn sich unter den Arm. »Na denn ...«

»Ich habe über etwas nachgedacht«, meinte der Hüttenbewohner, als wir das Industriegelände verlassen hatten und in meinem Borgward aufgrund erheblichen Gegenverkehrs eine Weile hinter einem blassblauen Eicher G30 her tuckeln mussten. »Vielleicht hätte ich in der Ferne mein Glück suchen sollen, anstatt des Nachts vor meiner einsamen Hütte zu sitzen. Vielleicht bin ich deswegen hier. Was meinen Sie?«

»Ich habe in der letzten Zeit so viel erlebt, da ist alles möglich«, antwortete ich.

»Aber werde ich mein Glück überhaupt finden können? Wenn ich mir nämlich die Welt da draußen ansehe, gewinne ich den Eindruck, dass längst die Rückentwicklung des Menschen zum Affen eingesetzt hat. Das Leben geht weiter, aber wo führt es hin?«

Nun war die Gegenspur frei. Die Lederbeschallung des Borgward gab ihr Bestes und schickte während meines forschen Überholvorgangs Devos *Are we not men? We are devo!* durchs Auto.

»Ich befürchte ...«, fuhr der Hüttenbewohner fort. »... jeder Einzelne von uns ist Sand im Getriebe der Evolution. Aber was weiß ich schon. Es gibt Dinge im Leben, die weiß niemand.« Dann haute er mit der flachen Hand aufs Armaturenbrett. »So, nun habe ich meinen Gedanken zu Ende geführt. Einen weiteren habe ich nicht.«

Ich kutschierte den Hüttenbewohner zu meinem Lieblings-imbiss Würstel-Mütz. Dort hatte man allerdings, wie nicht anders zu erwarten, keine Kohlrouladen im Angebot. Der Hüttenbewohner musste sich aus Mangel an Alternativen und aufgrund großen Hungers spontan etwas anderes aussuchen und entschied sich für einen *Schnitzelteller pikanter Rasputin.* Ich hatte keinen Hunger, wollte mich aber freundlicherweise zu ihm setzen, da meinte er: »Sie können ruhig gehen. Ich mache es mir jetzt erst einmal gemütlich. Und wenn etwas sein sollte, habe ich ja schließlich noch meinen Pappkarton.«

Ich fuhr noch einmal zum Haus meines Großvaters, um nach dem Rechten zu sehen.

Frau Klopwotzkis gärtnerisches Terror-Regime hatte mit ei-nem außergewöhnlichen Mulchen ihres Rasens seinen Höhe-punkt erreicht. Der Rasenschnitt breitete sich in einem großen Biesenmuster auf der Rasenfläche aus. Frau Klopwotzki stand zufrieden am Rand ihres Gartens und begutachtete ihr Werk.

Sicherlich hätte Herr Köttelfühler ein paar unqualifizierte Bemerkungen dazu beizutragen gehabt. Der erregte aller-dings gerade öffentliches Unbill, weil er in einem seiner ab-surd gemusterten Strickpullover auf die Straße trat und rief: »Lasst uns den Himmel kneten!«

So konnte er wenigstens nicht mich belämmern, und ich hatte die Möglichkeit, ungestört das Haus meines Großvaters zu betreten.

An der Garderobe im Flur fiel mir die dunkelgraue Helgo-länder Lotsenmütze aus Cord auf, die mein Großvater früher trug, aber zu seinem vorletzten Geburtstag »aus ästhetischer Genügsamkeit«, wie er damals sagte, endgültig abgelegt hatte.

Ich riskierte einen Blick in die vernebelte Vergangenheit ...

Mein Großvater tat wieder einmal so, als würde er mir eine Geschichte vorlesen. Ich wusste aber, dass er die aus dem Gedächtnis erzählte, oder spontan erfunden hatte.

»Nachdem sie das qualmende Großmütterchen bei der Post abgegeben hatten, folgte Janina dem Jagdelefant, der über die große, grüne Wiese hoppelte und dabei ein fröhliches Liedchen flötete. ›Nicht so schnell, Tuttifrutti!‹, rief Janina ...«

»Der Elefant heißt Tuttifrutti?«, unterbrach ich meinen Großvater.

»Ja«, nickte der.

»Warum?«, wollte ich wissen.

»Das weiß ich nicht.« Mein Großvater überlegte kurz. »Vielleicht trägt er einen bunten Hut.«

Die Vorstellung gefiel mir.

Alles sah noch so aus wie beim letzten Mal, aufgeräumt aber staubig.

Als ich meinen Blick durch das Arbeitszimmer meines Großvaters schweifen ließ, vorbei am Schreibtisch und am Bücherregal, fiel mir etwas ein. »Der *Papierschlüssel*«, dachte ich laut. Den hatte ich doch seinerzeit beiläufig eingesteckt, nachdem mir eine Schachtel aus dem Regal entgegen geschwappt war. Tatsächlich, ganz unten in meiner Umhängetasche fand ich ihn wieder.

Papierschlüssel waren individuelle Anfertigungen aus speziellem Reispapier, die nur für ganz besondere Menschen und nur in einem einzigen Land auf der Welt gefertigt wurden: im winzige Königreich Seenu am östlichen Ausläufer des Pamir-Gebirges.

Vielleicht würde ich in Seenu ein paar Informationen be-kommen, die mir helfen könnten, mehr über das Verschwin-den meines Großvaters heraus zu bekommen. Und was hatte Luckner mir angeboten? Wenn einmal Unterstützung erfor-derlich wäre, sollte ich ihn einfach anrufen.

Etwa zur gleichen Zeit ermöglichte der koreanische Chan-sonnier Piräus Wombat dem Rest der Welt einen Einblick in sein Privatleben, indem er für 20 Minuten sein Wohnzimmer-fenster zum Lüften öffnete.

Etwa 20 Minuten nachdem Donnatella Zenon die Bühne des Süreyya-Opernhauses verlassen und sich in ihre Garderobe zurückgezogen hatte, klopfte es an die Tür.

Die Sopranistin nahm einen letzten Schluck Raki, legte die neueste Ausgabe der Madame Global *beiseite, in der sie sich über aktuelle Frisurentrends und die Skandale der internationalen Königshäuser informieren wollte, und öffnete die Garderobentür.*

Vor ihr stand eine dunkelhäutige Schönheit in einem weißen, taillierten, ledernen Kurzmantel. »Donnatella Zenon? Mein Name ist Penelope Wong«, stellte sich die junge Frau vor.

»Hach, das ist wunderbar! Endlich lerne ich Sie einmal kennen«, jauchzte Zenon. »Kommen Sie herein.«

Die Sopranistin trug einen seidenen, violetten Entari mit goldfarbenem Besatz, der nicht den Versuch unternahm, ihre ausladenden Körperformen zu kaschieren, sondern mit Zenons üppiger, schwarz glänzender Hochsteckfrisur korrespondierte – einer Art Haarhelm, der bei jeder Bewegung Zenons zu kollabieren drohte.

Während Zenon ein paar Kostümteile von einer Chaiselongue räumte, schaute sich Wong in der gemütlich eingerichteten Garderobe um. Plakate bekannter Opernhäuser zeugten von Zenons internationaler Bekanntheit und kündigten die Sopranistin als ›die Walküre des Bosporus‹ an. Zwischen den großformatigen Plakaten hingen einige Fotos, die Zenon in Begleitung bekannter und unbekannter Persönlichkeiten zeigten – Männer mit edlen Anzügen, und Frauen mit teuren Gesichtern.

»Möchten Sie etwas trinken, etwas Hochprozentiges vielleicht?«, fragte Zenon.

»Nein, danke«, erwiderte Wong.

»Dann vielleicht einen Tee?«, bot Zenon verlegen an und schob die Cay-Gläser zurecht, die sie auf einem aufwendig gravierten, metallenen Beistelltisch drapiert hatte.

Vom Flur vor der Garderobe hörte man Getrampel und Gelächter. Einige Halay-Tänzer bereiteten sich auf ihren Auftritt vor.

»Wirklich nicht, vielen Dank.« Wong nahm auf der Chaiselongue Platz und schlug ihre Beine übereinander. »Sie waren ganz großartig heute Abend!«

»Oh, hat es Ihnen gefallen?! Das freut mich sehr«, erwiderte Zenon mit einem Lächeln. »Obwohl mir mein Tessitur im Belcanto des dritten Satzes etwas schwammig vorkam, fanden Sie nicht?«

»Das ist mir gar nicht aufgefallen«, stimmte Wong zu, obwohl sie nicht wusste, was Zenon damit meinte.

»Nun ja, die Musik ist die Sprache der Leidenschaft, nicht wahr?! Vielleicht ist es heute etwas mit mir durchgegangen.« Nun machte es sich auch Zenon bequem und setzte sich auf einen dunkelbraunen, mit Stickereien verzierten Ziegenleder-Pouf. »Bleiben Sie denn noch länger in Istanbul?«, fragte sie.

»Leider nein«, antwortete Wong. »Ich werde noch heute Nacht wieder abreisen.«

»Ach, das ist aber schade«, bedauerten Zenon. »Ich hatte gehofft, Ihnen ein wenig von unserer schönen Stadt zeigen zu können. Hier gibt es viel zu entdecken. ... apropos ›entdecken‹ ...« Schon erhob sich die Sopranistin wieder von ihrem Pouf. »Ich hätte fast vergessen, dass Sie ja wegen etwas ganz Anderem zu mir gekommen sind.«

Aus der untersten Schublade einer etwa zwei Meter hohen handgeschnitzten und -verzierten Schmink-Konsole aus Mango-Holz holte Zenon ein kleines Päckchen hervor, in Fettpapier eingewickelt, mit Juteband verschnürt.

Ein flinker Schmetterling entfleuchte Zenons Frisur, als sie sich wieder aufrichtete. »Hier haben wir das gute Stück«, sagte Zenon als sie Wong das Päckchen über den Beistelltisch hinüberschob.

Sechs

Für das Fliegen hatte ich noch nie etwas übrig. Glücklicherweise aber brachte uns unser Pilot, Jeff Brumfield, der sich als ehemaliger Kampfpilot der Royal Air Force vorgestellt hatte, sanft in die Luft, und der Flug lief ab wie in einem alten Abenteuerfilm – wenn die Route des Fliegers als gestrichelte Linie auf einer vergilbten Weltkarte gezeichnet wird: In kürzester Zeit hatten wir Seenu erreicht.

Der Flugplatz von Seenu war nur etwa so groß wie ein durchschnittliches Fußballfeld einer Amateurliga-Mannschaft. Glücklicherweise hatte Brumfield nur wenig Mühe, die Piper Aztec sicher zu landen, da das zweimotorige Leichtflugzeug über sehr gutmütige, sichere Flugeigenschaften verfügte und lediglich eine kurze Landebahn benötigte. Trotzdem konnte nur eine Vollbremsung und das Abdrehen mit qualmenden Pneus verhindern, dass wir mit unserer kleinen Maschine auf eine Plakatwand prallten, die in schillernden Farben König Balatum zeigte, wie er auf einem bunten Paradiesvogel reitend über die Berge seines kleinen Staates segelte, während unter ihm das Volk jubelte und kleine Fähnchen schwang.

Als wir das Flugzeug verließen, entstieg seine Majestät selbst gerade seiner Staatskarosse, einem dunkelgrauen 1952er Borgward Hansa 2400 mit Fließheck und Milchglas-Heckscheibe. In einem schlichten dunkelblauen Gho und grünen Zimtlatschen gekleidet eilte König Balatum – eine mittelgroße, rundliche Person mit schütterem Haar und Imperial-Bart – zu uns herüber. Sein kunstvoll über die linke Schulter geschlagenes oranges Kabney flatterte im Wind, als uns Balatum mit ausgebreiteten Armen herzlich begrüßte.

»Jei geshis!«, rief er. »Es ist mir eine große Freude, Sie in Seenu begrüßen zu dürfen. Ich hoffe, Sie hatten einen angenehmen Flug.«

Ich nickte bejahend, während König Balatum Brumfield und mir kräftig die Hand schüttelte.

Ein Schwarm großkalibriges Viechzeug überflog die Landebahn – taubengroße, schwarze Vögel, deren Federkleider die Sonnenstrahlen in schillernden Farben reflektierten. »Mukatshu!«, entfuhr es Balatum. Er hob die Arme mit geballten Fäusten in Richtung der Vögel und meinte verächtlich: »Diese Dohlen.«

Anscheinend waren wir gerade einem Schwarm Pagodendohlen begegnet, von denen mir mein Großvater schon einmal erzählt hatte. Die sehr schlaue Pagodendohle ist die kleinste Variante der europäischen Dohle. In vielen Regionen Asiens ist sie nicht gerne gesehen, da sie mit ihrem harten Schnabel kleine Höhlen in die Backsteinstrukturen von Pagoden hackt und so beim Höhlenbau die seltenen und teuren Majoliken beschädigt.

Balatum führte mich hinüber zu seinem Borgward. Brumfield wollte bei seiner Maschine bleiben. Während sich der König selbst hinter das weiße Lenkrad mit verchromtem Hupring und Lenkrad-Schaltung begab, durfte ich auf der großzügigen, sehr bequemen Rückbank aus rotbraunem Leder Platz nehmen.

König Balatum überraschte mich mit seinem sportlichen Fahrstil. Mit Vollgas und aufheulendem Motor bretterte das

Auto davon. Ein Flugplatz-Mitarbeiter konnte gerade noch rechtzeitig die Zufahrtsschranke nach oben befördern, so dass wir knapp darunter hindurch jagten.

Es ging eine holprige, kurvenreiche Gebirgsstraße hinauf. Hinter uns staubte es gewaltig. Wir überholten ein paar dreirädrige Autorikschas, und vor jeder Kurve betätigte Balatum energisch die Hupe, um uns entgegenkommenden Fahrzeugen anzukündigen. Vielleicht auch, um klarzustellen, wer hier die Vorfahrt hatte.

»Ich war sehr erschrocken, als ich das von Ihrem Großvater erfuhr«, berichtete der König. »Er hat einige Male unser Land besucht. Wir haben dann zusammen auf meiner Terrasse gesessen und ein lustiges Kartenspiel gespielt. Wie nannte er es ... *Elf raus*.«

Balatum meine natürlich *Elfer raus*, das Lieblingsspiel meines Großvaters, das er früher oft mit seinem Freund Mombusa gespielt hatte. Jedes Mal, wenn ich in solch einem Moment meinen Großvater besuchte, beendeten die beiden ihr Spiel, Mombusa packte die Karten zusammen und ging.

»Ich war sehr froh, als ich die Nachricht bekam, dass Sie uns besuchen würden«, erzählte der König weiter. »Ihr Großvater hat immer bedauert, dass er so wenig über seine Arbeit sprechen konnte. Nicht einmal den wenigen Menschen, die ihn im Zusammenhang mit seiner Suche unterstützten, durfte er verraten, um was für Dinge es sich handelte, mit denen sie zu tun hatten. Aber ich werde Ihnen zeigen, weswegen er bei uns in Seenu war.«

Darauf war ich sehr gespannt.

Balatum schaltete das Radio ein und brachte so die Lederbeschallung des Borgward zum Beben. »Future Shock« schrie der Sänger der Gordons aus den knisternden Lautsprechern. Solch ein Getöse hätte ich in einer asiatischen Staatskarosse nicht erwartet. Der König hinter dem Lenkrad zappelte dazu.

Nach einigen Minuten Fahrzeit nahm Balatum den Fuß vom Gas und wir passierten in Schrittgeschwindigkeit das Tor zur Hauptstadt: zwei meterhohe Steinsäulen mit Dorje-Verzierungen, zwischen denen bunte Gebetsfahnen im Wind wehten. Vor einer der Säulen stand ein Posten in einem grün-goldenen Suruwal und gold-besticktem Topi. Der metallene Griff seines schweren Khukuris blitzte in der Sonne, als der Posten für den vorbeifahrenden König Haltung annahm. Balatum winkte dem Posten freundlich zu.

Da Seenu nur ein kleines Land war, war auch dessen Hauptstadt recht überschaubar. Wir fuhren an einigen landestypischen Gebäuden vorbei. Mit Schieferplatten gedeckte Steinhäuser oder flache, maximal zweigeschossige Häuser aus Holz oder rotem Ziegel, manche mit geschwungenen Dachsparren, manche mit Holzgittern in Türen und Fenstern.

Zwischen kleinen Ständen mit Obst und Gemüse, die am Straßenrand aufgebaut waren, parkten Motorräder, oder einheimische Frauen saßen auf dem Bordstein, flochten Körbe oder handarbeiteten am Spinnrad.

Dann gab der König noch einmal unvermittelt ordentlich Gas. Mit quietschenden Reifen bogen wir ab und durchquerten ein von großen Felsen flankiertes Holz-Tor, auf dem die Landesflagge von Seenu gemalt war: ein schwarzes Rechteck mit einer großen gelben Sonne und einem weißen Kranich, der einen Regenschirm unter dem Flügel und eine Flöte im Schnabel hielt.

Vor einer hohen Felswand beeindruckte mich Balatum mit einem 360-Grad-Drift. Dabei baute sich um uns herum eine gewaltige Staubwolke auf, die uns vorübergehend die Sicht nahm.

Als das Auto schließlich stand, schaltete der König das immer noch bretternde Radio aus– gerade als Crowbars Kirk Windstein »I am forever« gröhlte – und drehte sich grinsend zu mir um. »Nicht das, was Sie erwartet haben«, stellte er fest. »Ich bin eben kein König, wie in Ihren europäischen Märchen«, erklärte er, nachdem er den Motor ausgemacht hatte. »König wird man nicht durch eine Krone, sondern durch Taten.«

Als sich der Staub allmählich gelegt hatte, öffnete ein herbeigeeilter Soldat erst dem König und dann mir die Autotür. Der Soldat trug die gleiche Uniform wie der Posten, dem wir am Stadttor begegnet waren. Ich glaubte sogar, es war derselbe Mann.

Als wir ausgestiegen waren, standen wir vor einer aus dem groben Fels gehauenen, monumentalen etwa 20 Meter hohen und ebenso breiten, glatten und senkrechten Fläche. In der Mitte der Fläche befand sich eine vielleicht zwei Meter breite Spalte, die scheinbar bis zum Gipfel des Felsens reichte. Es sah aus, als hätte jemand mit einer gigantische Säge den Berg in zwei Hälften geteilt. Links und rechts wurde die Spalte von zwei mehrere Meter hohen, gemeißelten Kranichen flankiert. Oberhalb der Kraniche konnte man verwitterte Reste verschiedener Relieffiguren erkennen.

Während ich den riesigen Spalt bestaunte, trat der König zu mir und meinte: »Da sind wir.«

Neben der Felsspalte stand ein verbeulter Einkaufswagen aus dem *Kommerz Akut*, dem einzigen Supermarkt in unserer Stadt, bei dem es das von meinem Großvater heißgeliebte Buttermilch-Konfekt zu kaufen gab. In dem leicht verformten Einkaufswagen, von dem an verschiedenen Stellen bereits die Chrombeschichtung abblätterte, lagen einige Regenschirme in verschiedenen Farben.

»Nehmen Sie sich einen«, wies Balatum mich an. »Sie werden ihn brauchen.« Er griff sich einen Schirm aus dem Einkaufswagen und spannte ihn auf. Ich tat es ihm gleich. Auf meinem Regenschirm war ein fröhliches Eichhörnchen mit großen Zähnen abgebildet. Ich erinnerte mich daran, dass Mombusa solch einen Schirm dabei hatte, als er mich auf der aufgeweichten Klatschmohnwiese traf, um mir das Buch mit den leeren Seiten zu zeigen, dass ich seitdem in meiner Umhängetasche mit mir herumtrug.

Balatum betrat die Spalte. Ich folgte ihm. Innen war es merklich kälter als außerhalb des Felsens. Zusätzlich tropfte es von oben herab, wie ein leichter aber kühler Sommerschauer. Wasser floss in dünnen Rinnsalen an den felsigen Wänden hinab. Weil es recht dunkel war, konnte ich nicht sehen, woher das Wasser überhaupt kam.

»Ihr Großvater nannte dies die *Regenfuge*«, erklärte Balatum. »Ich glaube, solche Phänomene haben ihn sehr fasziniert. Aber kommen Sie weiter.«

Nachdem wir uns etliche Meter durch die Spalte bewegt hatten, standen wir vor einer schweren, hölzernen Tür. Mit dem Regenschirm in einer Hand fiel es Balatum nicht ganz so leicht, diese aufzustemmen. Also half ich ihm.

Durch die Tür kamen wir in einen langgezogenen Raum. Da es hier nicht mehr regnete, konnten wir unsere Schirme zusammenklappen und beiseite stellen. Kleine Lampen, die knapp unter der Decke an den Fels angebracht waren, verteilten angenehmes Licht. Rechts und links an den Wänden hingen zahlreiche Porträts mir unbekannter Frauen und Männer.

»Schauen Sie«, meinte Balatum, während er mir mit ausgebreiteten Armen die Galerie präsentierte. »Alles besondere Freunde unseres Landes, die durch ihre Taten zum Wohle Seenus und seiner Menschen beigetragen haben«, erklärte er.

Unter jedem Porträt hing eine kleine Messingtafel, die mit einer Beschreibung der abgebildeten Person versehen war. Da stand z.B. *Professor Spekulatius, Erfinder des kinematographischen Tran-Sacks, und Entdecker der verschwundenen Brotflunder.* Oder *Koala Armbruster, der letzte der barfüßigen Berberfürsten, Meister auf der zweistimmigen Saugflöte, von der niemand weiß, wie sie zu spielen ist.*

Am anderen Ende des Raums befand sich eine weitere Tür. Durch die gelangten wir auf eine große, ebenfalls aus dem Fels gemeißelte Terrasse, die uns den Blick auf ein weitläufiges Tal eröffnete, das von hohen Bergen eingerahmt war.

An den Hängen klebten knorrige Kirschbäume mit rosa und weißen Blüten, deren lange Baumwurzeln ins Tal herabhingen. Ein Wasserfall ergoss sich malerisch über die Felsen in die Tiefe. Das Ganze erinnerte mich an einen chinesischen Fantasy-Film – nur ohne die schwertschwingenden Helden, die scheinbar schwerelos in langen Gewändern durch das feingliedrige Geäst der Bäume tänzeln.

»Hier habe ich mit Ihrem Großvater gesessen, Karten gespielt und einen Becher Buttertee getrunken, während die Bergkraniche am Abendhimmel über das Tal zogen«, beschrieb Balatum. »Das wollte ich Ihnen zeigen: dort unten ...« Balatum wies auf das Tal. »... geschützt durch die umliegenden Berge, wird etwas gefertigt, von dem Sie vielleicht schon einmal gehört haben.« Der König schaute mich erwartungsvoll an.

»Ja, natürlich«, meinte. »Die Papierschlüssel! Ich habe einen bei meinem Großvater gefunden.«

»Die natürlich auch«, entgegnete Balatum. »Aber vor allem Pflaumenkompott!«

Meine Stirn begann, sich zu runzeln.

»Haben Sie schon einmal Pflaumenkompott nach traditionellem Rezept aus Seenu gekostet?«, wollte der König wissen. »Wahnsinnig lecker! Ich kann Ihnen gerne ein paar Gläser mitgeben. Sie werden begeistert sein!«

»Ja, vielleicht«, entgegnete ich. »Aber noch einmal zum Papierschlüssel: mein Großvater erzählte mir mal, dass ein Papierschlüssel jede Tür öffnen könnte. Ist das tatsächlich wahr?«

»Ihr Großvater hatte den Papierschlüssel von mir bekommen«, antwortete Balatum. »Sogar aus einem ganz bestimmten Grund. Denn ein Papierschlüssel öffnet nicht jede Tür, sondern jeder Schlüssel nur eine ganz bestimmte«, erklärte der König. »Und wer einen Papierschlüssel besitzt, weiß zu gegebener Zeit, wann er ihn einzusetzen hat. Ihr Großvater wusste, was er mit seinem Schlüssel zu tun hatte.« Balatum verdrehte die Augen. »Und nun ist er verschwunden«, sagte er nachdenklich.

»Pst«, machte es plötzlich. Balatum schien es nicht bemerkt zu haben, sondern ging mit verschränkten Armen auf der Terrasse auf und ab und blickte immer wieder aufs Tal hinaus. Ich schaute mich um. »Pst, hier drüben«, hörte ich die Stimme noch einmal.

Von einem messingfarbenen, verzierten Spiegel in Tropfenform blinzelte mich das Antlitz von Hildelotte Hartgras an.

»Frau Hartgras«, erschrak ich mich. »Was in aller Welt machen Sie hier? Ich dachte, Umprecht hätte ...«

»Oh nein, der Bürgermeister ...«, unterbrach mich Hartgras sehr bekümmert. »... schrecklich! Ich weiß nicht, was da passiert ist, aber plötzlich war er weg, und ich wieder auf mich allein gestellt.«

»Wie, ›weg‹? Was ist denn mit Umprecht passiert? Und Ihr Original? Sitzt das etwa immer noch vor der Spiegelwand?«, wollte ich alles gleichzeitig wissen.

Aber Hartgras schüttelte nur den Kopf. »Wo bin ich schon wieder gelandet?! Können Sie mich nicht bitte von hier fortbringen?«, bat sie mich.

Als ich mich umdrehte und den König ansprechen wollte, strauchelte der beim Herumgehen plötzlich. Eine seiner Zimtlatschen hatte sich in einem aus der Wand hängenden Kabel verheddert. Balatum drohte, vornüber auf den ausgetretenen, bunt gefliesten Terrassenboden zu stürzen. Ich hechtete vor, um ihn aufzufangen. Aber es war zu spät. König Balatum klatschte auf die Fliesen und verpuffte augenblicklich – wie seinerzeit Leoa – in einer Wolke gelben Staubs. Nur seine grünen Zimtlatschen blieben übrig.

»Ach du Schreck!«, hörte ich Hartgras ausrufen.

Ich stand kurz da, wusste nicht, was ich tun sollte. Da vernahm ich ein langgezogenes, zischendes Geräusch, das klang, als würde jemand mit einer Spraydose hantieren. Zudem roch es plötzlich merklich nach Lösungsmittel.

Ich entdeckte, dass sich an einer der Wände in Augenhöhe ein heller Fleck in der Größe einer Langspielplatte bildete. Vom zischenden Geräusch untermalt verschwand dort langsam das Gestein und es erschien erst das Gesicht, dann nach und nach der komplette Oberkörper von Dr. Tetraeder. Der Fleck weitete sich unter den ausladenden Armbewegungen Tetraeders immer weiter aus.

»Meine Güte«, schimpfte der Wissenschaftler durch die langsam in der Wand entstehende Öffnung. »Um was man sich alles kümmern muss! Als würden sich meine Experimente von alleine durchführen! Da läuft einiges nicht so wie es soll.«

Jetzt erkannte ich, dass Tetraeder tatsächlich mit einer Spraydose ein Loch in die Wand sprühte! Oder vielmehr die Wand wegsprühte, so dass eine Art Portal zu einem anderen Ort entstand. Tetraeder unterbrach sein Sprühen, schüttelte die Spraydose, das kräftige Klackern der Mischkugeln hallte über die Terrasse. Dann vollendete er mit ein paar langen Sprühstößen sein Werk.

Mit den Worten »Hier, nehmen Sie.« reichte mir Tetraeder durch das Portal eine große Kommerz-Akut-Tüte, in der sich diverse Spraydosen befanden.

»*Tordosen*«, erklärte Tetraeder. »Auch eines dieser unsäglichen Dinge, die alles durcheinander bringen. Aber zugegeben sehr nützlich.«

Nachdem nun auch der Wissenschaftler das Portal passiert

hatte, löste sich dieses binnen weniger Sekunden auf, der bloße Fels war wieder da. Tetraeder machte eine Kopfbewegung in Richtung der Wand: »So etwas sollte es eigentlich nicht geben, aber ein Dosentor kann Sie von jetzt auf gleich von irgendwo egal wohin bringen.«

»Friedemann!«, meldete sich hinter mir Hartgras.

Tetraeder entdeckte das Konterfei seiner alten Kollegin. »Hildelotte!«, rief er sichtlich überrascht und gleichzeitig erfreut. Dann schaute er mich fragend an.

Unter seinem kritischen Blick erklärte ich dem Wissenschaftler, was es mit dem Spiegelbild der Mathematikerin auf sich hatte.

»Es ist doch wohl ...«, drohte Tetraeder wieder loszuschimpfen, entdeckte dann aber die Zimtlatschen des Königs, die verlassen auf dem Boden lagen. Er zeigte darauf und schaute mich streng an. »Der König?!«

Ich nickte.

Tetraeder holte tief Luft. »Na gut, gehen Sie«, wies er mich an. »Ich werde sehen, wie ich meiner alten Kollegin helfen kann. Aber warten Sie.« Er wühlte in der Einkaufstüte herum, fischte eine Spraydose heraus und gab sie mir. »Nehmen Sie diese und probieren Sie es selbst einmal aus.«

Ich suchte mir eine freie Stelle an der Wand, nahm die Dose, zielte und sprühte drauf los. Nachdem ich nun selbst ein Stück der Wand hatte verschwinden lassen, verstaute ich die Dose in meiner Umhängetasche. Dann verabschiedete ich mich von Tetraeder und Hartgras und stieg durch das Dosentor.

Vielleicht hätte ich Tetraeder noch fragen sollen, woher man eigentlich weiß, zu welchem Ort einen eine Tordose führt ...

Sieben

Ich spazierte auf einem langen, nicht enden wollenden, stellenweise mit Moos befleckten Steg aufs Meer hinaus. Es tobte ein ordentlicher Sturm. Der Wind peitschte hohe Wellen auf, die übereinander herfielen und sich gegenseitig zermalmten. Erdrückend bedrohliche, dunkle Gebilde, wie auf einem Gemälde von Ludolf Bakhuizen. Tiefgraue Wolken rasten vorbei, und kreischende Möwen hatten sichtlich Probleme, ruhig ihren Flugbahnen zu folgen. In der Ferne sah ich das Positionslicht einer Boje nervös auf- und abspringen.

Auf dem Steg selbst allerdings merkte ich von dem Getöse nichts. Ich konnte das entfesselte Treiben auf dem Meer zwar beobachten – Wind, Wasser und Wetter schienen mich aber nicht zu erreichen. Es war, als würde um mich herum ein monumentaler Stummfilm ablaufen.

Als ich mich nach einer Weile einmal umdrehte, um zu sehen, wie weit ich schon gegangen war, musste ich feststellen, dass das Portal verschwunden war, und der Steg weder in der einen, noch in der anderen Richtung ein Ende zu haben schien.

»Was soll's«, sagte ich mir und ging in meine zuvor eingeschlagene Richtung weiter. Während um mich herum die Natur ihr Bestes tat, einen schlechten Eindruck zu hinterlassen, dachte ich darüber nach, ob es wohl noch mehr Menschen gab, denen so komische Dinge widerfuhren wie mir. Falls nicht, hatte dann alles mit meinem Großvater zu tun, oder der Gilde, oder dem Buch, oder der Sternenexplosion?

Das Toben und Tosen ließ nach. Das Meer beruhigte sich. Die Wolken lösten sich auf, als würde sie jemand auseinander pusten, und machten einem mir wohlgesonnenen blauen Himmel Platz.

Ganz weit vor mir am Horizont entdeckte ich etwas, was aussah wie eine kleine Insel. Ein paar Palmen auf einer kleinen Erhebung – eine klassische einsame Cartoon-Insel.

Ich lief den Steg immer weiter und erreichte an dessen Ende tatsächlich ein winziges Eiland.

Es herrschte Niedrigwasser, ich musste einen breiten Streifen aus Sand und Schlick durchqueren.

Zwischen Muschelsplittern und Seegrasresten lugte ein Glöckchen aus dem Boden. Ich hob es auf. Das Glöckchen war etwa so groß wie meine Hand, aus Messing, und hatte eine gedrechselten Griff aus dunklem Holz. Ich schüttelte den feuchten Sand aus dem Glöckchen, dabei erklang ein helles sanftes Läuten.

Der Schlamm zu meinen Füßen bewegte sich daraufhin, formte eine Hand, dann einen Arm. Beide erhoben sich schmatzend vom feuchten Grund, bevor sich darin eine weitere Hand mit Arm bildete. Nachdem sich auch diese sandigen Körperteile vom Grund gelöst hatten, erschien ein unfertiges Gesicht im Matsch – ein bisschen Nase, ein bisschen Mund und zwei kleine Dellen anstelle der Augen. Schließlich stieg eine komplett aus Schlamm geformte Gestalt empor, die sich tropfend vor mir aufbaute.

»Was ist?«, fragte die mit brummiger Stimme, wobei sie mir ein paar feuchte Sandkrümel entgegen spuckte.

»Was soll sein?«, fragte ich zurück.

»Sie haben geläutet«, stellte die Gestalt fest.

»Ich habe nur das Glöckchen ausprobiert.«

»Einfach so?«

»Einfach so.«

Die Gestalt stemmte einen ihrer Arme in die Hüfte und streckte mir einen sandigen Zeigefinger entgegen. »Tun Sie das bitte nie wieder«, drohte sie mir. Ihre schlammige Hand griff das Glöckchen, das ich noch festhielt. Dann fiel die gesamte Gestalt in sich zusammen, verschmolz samt Glöckchen mit dem Schlamm am Boden und war verschwunden.

Weil die Flut einsetzte, ging ich rasch weiter.

Nach einigen Schritten kam ich auf einen flach abfallenden, postkartenreifen Strand, mit Sand, so fein und leicht wie Puderzucker. Nach jedem Schritt wurden meine Spuren von der sanften Brandung des türkisblauen Meeres, das mich eingeholt hatte und sanft im Hintergrund rauschte, augenblicklich weggespült.

Ein Blau-violetter Palmendieb machte sich mit seinen imposanten Scheren an einer verlorenen Kokosnuss zu schaffen. Im Sand steckten hochkant zwei belegte Brote. Zwischen zwei meterhohen Palmen, die gemächlich im Wind schaukelten, war eine Hängematte gespannt, und in der hatte es sich eine Person gemütlich gemacht, die ich hier nicht erwartet hätte: Hildelotte Hartgras. Mit einer viel zu großen, türkisviolett gemusterten Sonnenbrille im Gesicht blickte sie mich überrascht an,

»Was machen Sie denn hier?«, warfen wir uns zeitgleich gegenseitig an den Kopf.

»Kein Wunder, dass Sie Ihr Spiegelbild nicht finden kann«, fügte ich hinzu.

»Mein Spiegelbild?!« Die alte Dame setzte ihre Sonnenbrille mit dem enormen Kunststoffrahmen ab, kniff die Augen zusammen, weil die Sonne sie nun blendete.

»Es war auf der Suche nach Ihnen und hat mich in meinem Badezimmer überrascht«, erzählte ich.

Hartgras musste grinsen, richtete sich dann aber in ihrer Hängematte auf und sagte ernst: »Das ist ja schrecklich. Wie ist es denn da hingekommen, und wo ist es jetzt?«

Der Palmendieb lenkte uns kurz ab, als er zwischen uns hindurch spazierte und uns mit seinen rötlichen Stielaugen fixierte.

»Nachdem ich Sie vor der Spiegelwand getroffen hatte, landete ich ja direkt in Bürgermeister Umprechts Büro. Deswegen bin ich mit Ihrem Spiegelbild zu ihm gefahren, in der Hoffnung, dass der Bürgermeister helfen kann. Das wollte Umprecht auch tun. Aber dann ist Ihr Spiegelbild plötzlich in Seenu aufgetaucht. Jetzt gerade kümmert sich Ihr alter Kollege Tetraeder darum«, berichtete ich. »Ihr Spiegelbild vermutet Sie immer noch in Ihrem Campingstuhl vor der Spiegelwand. Warum sind Sie nicht mehr dort?«

Hartgras machte es sich wieder in ihrer Hängematte bequem, setzte ihre Sonnenbrille auf. »Nachdem Sie fort waren, habe ich noch eine ganze Weile dort gesessen«, erzählte sie. »Irgendwann ging mir die Warterei aber auf die Nerven, und es wurde mir auch zu langweilig. Also habe ich ebenfalls den Fahrstuhl genommen. Der hat mich allerdings nicht ins Rathaus, sondern zu dieser Insel gebracht.«

»Hier gibt es einen Fahrstuhl?«, wollte ich fragen.

Im gleichen Moment aber begann ein trichterförmiger Lautsprecher, der an einer Palme angebracht war, nervös zu knistern. Dann folgte eine Durchsage: »Die kleine unglaubliche Tante aus Herbrechtingen möchte auf Ebene 3 abgeholt werden.« Wieder knisterte es.

Hinter mir rauschte behutsam die Brandung. »Vielleicht sollten Sie mitkommen, und ich bringe Sie ebenfalls zu Umprecht«, überlegte ich laut.

»Das ist vielleicht gerade keine so gute Idee«, meinte Hartgras und holte unter der Hängematte eine zusammengefaltete Zeitung hervor. »Schauen Sie mal auf Seite 21. Da steht etwas sehr interessantes.«

Ich setzte mich zu Hartgras neben die Hängematte in den warmen Sand und blinzelte gegen die Sonne an, während ich die Zeitung auseinander faltete. Oben auf Seite 21 gab es ein Interview mit Fritjof Gershwin, einem nach eigener Aussage entfernten Verwandten des weltberühmten Komponisten – der selbst aber nicht den Weg zur Musik eingeschlagen, sondern in Stockholm ein Fachgeschäft für Gardinen eröffnet hatte. Das meinte die Mathematikerin wohl nicht. Aber unter dem Interview berichtete ein zweispaltiger Artikel, dass Bürgermeister Umprecht bewusstlos in seinem Büro im Rathaus aufgefunden wurde. Aus bisher ungeklärter Ursache hatte er sich ein Bein in der untersten Schublade seines Schreibtisches eingeklemmt.

Viel mehr konnte ich schon nicht lesen, weil mir ein plötzlicher Windstoß die aufgeschlagene Zeitung ins Gesicht blies.

»Huch!«, hörte ich Hartgras rufen.

Der Geruch von Druckerschwärze stieg mir in die Nase, und es raschelte gewaltig an meinen Ohren, als die Zeitung um meinen Kopf herum flatterte und nicht loszulassen schien.

Es war nicht einfach, mein Gesicht wieder aus dem Zeitungspapier zu befreien. Immer wieder blies mir der Wind neue Seiten entgegen. Als ich es endlich geschafft und mir die letzten Fetzen aus dem Sichtfeld gepult hatte, lag die Zeitung als zerknüllter, trostloser Haufen vor mir.

Dann erkannte ich, wo ich war – nicht mehr auf der Insel.

Auf der Terrazzo-Terrasse des Chateau Choucroute stand im Schatten einer Zypresse ein altes Grammophon. Darauf drehte sich eine Schellack-Platte des Opernsängers Georges Thill, der durch den Trichter des Grammophons eine seiner bekannten Arien Richtung Weinberg schmetterte.

Auch Mademoiselle Polyester hatte es sich im Schatten bequem gemacht. Im Schneidersitz auf der Terrassenmauer genoss sie die sanften Strahlen der spät nachmittäglichen Sonne und aß ein paar mit Ziegenkäse gefüllte Datteln.

Das Beschallen der Weinreben auf den sanften Hügeln des einmaligen Landstrichs zwischen Durance und Lac du Sautet hatte auf dem Weingut eine jahrhundertealte Tradition, die mittlerweile in sechster Generation von Mademoiselle Polyester fortgeführt wurde.

In Weinkenner-Kreisen hieß es, der für das Weingut der Polyesters bekannte Traubentödter *würde durch die Berieselung mit klassischen Klängen zu einem »großzügig angelegten Wein mit besonders cremiger Textur und einem begeisternden Aha-Moment«.*

»Ge milis am fion, tha e searbh ri dhiol.« *

Ganz unerwartet drängelte sich eine großformatige, breitschultrige Gestalt zwischen Polyester und die untergehende Sonne und warf einen langen Schatten auf die Weingutbesitzerin. Die Stimme erkannte Polyester sofort.

»Gorrit«, raunzte Polyester den ungebetenen Gast an und entknotete ihre Beine. Die Gemütlichkeit war dahin.

Mit einem lässigen Sprung von der Terrassenmauer landete Gorrit vor Polyester. Seine blankpolierten Ghillie Brogues bohr-

ten sich in den Kies. Eine Weinbergschnecke, die sich just auf den Weg gemacht hatte, um ihre Verwandten auf der anderen Seite der Terrasse zu besuchen, konnte gerade noch ausweichen, indem sie sich gekonnt zur Seite rollte.

Madame Polyester legte ihre letzte Dattel in das silberne Schälchen zurück und wischte sich mit einer bestickten Stoffserviette den Mund sauber. »Eh bien, verraten Sie mir einmal, was Sie zu mir führt«, forderte sie Gorrit auf. »Eine Vorliebe für französische Weine kann ich bei Ihnen ja ebenso ausschließen wie ein Interesse an klassischer Musik. Also, was ist dann der Grund ihres Besuchs?!«

Gorrit lachte. »Sie haben Recht, meine Liebe. Und da Sie hier nicht einmal einen vernünftigen Whisky zustande bekommen ... awa!« Er setzte sich neben Polyester auf die Terrassenmauer, schaute auf den Weinberg hinaus. »Der verrückte, alte Mann«, meinte er nebenbei. » ... er ist weg.«

Polyester schaute Gorrit kritisch an: »Was heißt ›er ist weg‹?«

»Er ist spurlos verschwunden. Und es heißt, die Gilde hätte etwas damit zu tun.«

»Mon dieu!« Polyester verschränkte die Arme vor der Brust. »Was für ein Unsinn! Warum sollte die Gilde ...« Sie schüttelte den Kopf, während sie das Schälchen mit den Datteln von ihrem Schoß auf die Terrassenmauer stellte. »Sie erinnern sich hoffentlich: der, wie Sie ihnen nennen, ›verrückte alte Mann‹ hat uns damals den Hinweis in Ägypten gegeben und war bis dato sehr aktiv. Nebenbei: auch sehr erfolgreich.«

»Natürlich, meine Liebe! Wie sollte ich das vergessen. Aber Sie müssen doch zugeben: so ganz normal ist der Kerl nicht.« Gorrits rosiges Gesicht glänzte im Licht der untergehenden Sonne, als er seinen Kopf in den Nacken legte, um seinen Bart zu kraulen. »Damnadh ...«, grunzte er. »Es gibt da eine alte keltische Sage über eine Selkie, eine Robbe, die regelmäßig an Land kam und sich in einen Menschen verwandelte, indem sie ihr Fell ablegte und es versteckte. Die Selkie durchquerte jedes Mal einen schmalen Felsendurchgang an der Nordküste Schottlands und kam auf der Landseite als unbeschreiblich schöne Frau wieder heraus. Eines Tages wollte sie zurück ins Meer, der Felsendurchgang ließ sie aber nicht hindurch. Sie kam immer auf der gleichen Seite heraus, auf der sie hineingegangen war. Auf der Landseite. Als Mensch.«

Polyester schaute kritisch. »Das ist nur eine Sage, Gorrit.«

»Aber Sagen basieren auf realen Personen und Ereignissen«, entgegnete Gorrit.

»Meinen Sie etwa ...?« Madame Polyester überlegte. Schließlich stellte sie fest: »Dann werde ich wohl den Rat informieren müssen.«

Lavendelfelder malten ein violettes Streifenmuster in Teile der Landschaft, die sich als verbeulte graue Streifen zeigte. Die matschige Sonne tat ihr Bestes, bevor sie sich hinter dem hintersten grauen Streifen langsam niederließ. Ein rhythmisches Knacken hallte über den Weinberg. Thills Arie und die Schellackplatte hatten ihr Ende erreicht.

---

* »Der Wein ist süß, das Zahlen bitter.«

Acht

Ich saß an einem der niedlichen Bistrotische des Cafe Pöbelpott, mit einem frisch gebrühten, herzerweichenden schwarzen Kaffee, einem rosa Karamellbonbon und einem Haufen zerknüllter Zeitungsseiten vor mir auf der Resopal-Tischplatte. Ich beobachtete die Vögel in den Bäumen auf der gegenüberliegenden Straßenseite. Specht Ruprecht verteilte dort Kopfnüsse bei den unartigen Nesthockern von Finkens. Eine Amsel legte behutsam ihr frisch gewaschenes Federkleid zusammen.

»Einen Fingerhut mit Mütze, bitte, weil es warm ist«, bestellte jemand an einem der anderen Tische. Das hatte ich schon einmal irgendwo gehört.

»Das schmeckt ja wie Knüppel auf den Kopf«, beschwerte sich ein Herr bei allen, die zuhörten.

Wolken zerschellten am Himmel. Ich schloss die Augen und sah blau-schimmernde Schmetterlinge durch ein grünes, sonnendurchströmtes Tal flattern. Mit in Zeitlupe wehenden Haaren trat aus einem wabernden Regenbogen eine weibliche Gestalt hervor. Ein nahezu transparentes Gewand umspielte mit sanften Bewegungen ihren nach Orangen duftenden Körper. Sie flüsterte mir zu: »Ich weich dich ein in meinem Traum.« Meine Gedanken schweiften ab und waren für einen Moment verloren.

»Leoa«, sagte ich verträumt.

»Ich bin nicht Leoa«, erwiderte das anmutige Geschöpf. »Mein Name ist Naonooya. Leoa hat heute Urlaub.«

Drei mir bekannte Stimme rissen mich aus meinem Tagtraum in die Realität zurück. »Bevor zugegen du beehrst ...«, sagte die erste.

»Der Zeiten Gang du nicht verwehrst ...«, schloss sich die zweite an.

»Das zweite Sein dem Zentrum naht ...«, fuhr die dritte fort.

Vor mir standen die drei Allwissenden, recht adrett in dunkelgrünen Glencheck-gemusterten Kniebundhosen und entsprechenden Jacketts gekleidet. Die unbeschreibbaren lustigen Hüte, die die Drei trugen, irritierten mich allerdings etwas.

»Guten Morgen die Herren«, unterbrach ich die Allwissenden, die sich nun drei Stühle schnappten, sich zu mir gesellten und ihre lustigen Hüte auf dem Tisch verteilten.

»Dem Sein die Zeit nun wird bewahrt ...«, setzte der erste Allwissende nach. »... Punkt.« Beim letzten Wort schlug er mit der flachen Hand auf den Tisch und schickte ein kurzes Lachen in die Runde. Der trostlose Zeitungshaufen fiel vom Tisch herunter und verteilte sich auf der Straße.

Der Ausbruch guter Stimmung hielt sich diesmal in Grenzen. »Ich denke, wir sollten zur Sache kommen, denn soviel Zeit bleibt nicht mehr«, merkte nämlich der zweite Allwissende an und mahnte dabei mit erhobenem Zeigefinger.

»Recht hat er«, stimmte ihm der Dritte zu. »Erinnern Sie sich noch an die Sternenexplosion im Zündkerzennebel?«, fragte er mich.

»Naja, ›erinnern‹ ...« antwortete ich. »... Ich weiß davon und bin sogar einem Besucher von dort in meiner Wohnung begegnet ... ich dachte, das wüssten Sie?!«

Die drei Allwissenden schauten sich gegenseitig fragend an.

»Erstens: ...«, sagte der Zweite. »... Wir wissen natürlich nicht alles. Aber eben fast.« Das wusste ich ja bereits.

»Und Zweitens: ...«, fuhr der Erste fort, schaute mich mit großen Augen an. »... Diese Sternenexplosion war wahnsinnig gefährlich und hatte Aus-wir-kun-gen.« Das letzte Wort sprach er dabei dramatisch, Silbe für Silbe, langsam aus.

»Was denn für Auswirkungen?«, wollte ich wissen. »Mehr noch als dieses rötliche Gefratze, das man am Himmel sehen konnte?«

»Oh, warten Sie nur ab«, antwortete der Dritte. Mit verschränkten Armen lehnte er sich in seinem Stuhl zurück. Eine Pause entstand. Man konnte hören, wie eine Dame am Nebentisch in ihr Baisertörtchen biss.

»Wichtig ist Folgendes: ...«, setzte der Zweite ein. »... Sie müssen heute zu einer ganz bestimmten Zeit im Multigravitationshaus sein.«

»Noch einmal?«, fragte ich. »Das letzte Mal war schon wild genug.«

»Sie werden überrascht sein«, meinte der Dritte.

»Oder eben nicht«, wandte der Zweite ein, worauf ihn der Dritte in die Seite knuffte und etwas grimmig anschaute.

Der Erste riss eine Feder von seinem Hut, rupfte eine blendend weiße Serviette aus einem verchromten Serviettenspender und notierte mit der Feder etwas darauf. »Ich habe Ihnen ein paar Instruktionen sowie die Uhrzeit aufgeschrieben. Die Adresse kennen Sie ja bereits.« Er schob die Serviette zu mir herüber.

Während ich einen kurzen Blick darauf warf und die Serviette dann in meiner Umhängetasche verschwinden ließ, dachte ich laut nach. »Mal angenommen, ich bin nicht rechtzeitig ...«

Weiter kam ich nicht, denn der erste unterbrach mich, während er nach seinem Hut griff: »Wir sollten jetzt gemeinsam die Straße entlanggehen und schauen, ob etwas passiert!«

Daraufhin erhoben sich die Allwissenden nahezu gleichzeitig und setzten ihre Hüte wieder auf. »Denken Sie an die Packung Mortadella«, mahnte noch der Zweite an mich gewandt. Dann machten sich die Drei auf den Weg.

Ich trank in Ruhe meinen Kaffee aus und beobachtete dabei einen unwirschen Herrn an einem anderen Tisch, der voller Eifer damit beschäftigt war, sich die Falten aus der Anzughose zu prügeln.

Laut der Informationen des Allwissenden auf der Serviette hatte ich nicht mehr allzu viel Zeit. Also machte ich mich schnurstracks auf den Weg zum Kommerz Akut, dem Lieblings-Supermarkt meines Großvaters.

Die automatische, gläserne Eingangstür rauschte an mir vorbei, als ich den Supermarkt betrat. Als Erstes vernahm ich Musik, die nicht störte, dann das stoische Piepen der elektronischen Kassen.

Eine feste Größe des kleinen Marktes war seit etlichen Jahren Frau Bulczyd, die mich sofort erspähte und mir über die Obst- und Gemüse-Auslagen hinweg einen freundlichen Gruß zuwarf. Schon als ich als Kind mit meinem Großvater manchmal den Markt besuchte, saß Frau Bulczyd wie an diesem Tag an einer der beiden munteren Registrierkassen und irritierte die Kunden mit ihrer B52-ähnlichen Hochsteckfrisur.

Nach einer rasanten Fahrt durch die engen Gänge des Marktes erreichte ich mit meinem leeren Einkaufswagen die Wursttheke.

»Ich hätte gerne ein paar Scheiben Mortadella«, gab ich meine Bestellung auf.

»Die italienische?«, fragte die junge Frau hinter der Theke, nachdem sie sich ein frisches Paar blaue Gummihandschuhe aus einer an die Wand geklebten Pappbox gezupft hatte.

»Die normale«, antwortete ich.

»Die normale ist die italienische«, meinte die junge Frau und machte schon nach diesem kurzen Wortwechsel einen ungeduldigen Eindruck auf mich.

»Welche ist denn die italienische«, wollte ich wissen.

»Die mit den Pistazien.« Sie piekste mit einer kleinen Fleischgabel in ein Türmchen Wurstscheiben, das neben einer Sorte gestapelt war, die mein Großvater immer als Pissbuden-Terrazzo bezeichnet hatte.

»Nein, gerne ohne Pistazien.«

»Also Fleischwurst?« Die Fleischgabel landete im nächsten Türmchen.

Weil ich keine Lust hatte, mich über Namen von Wurstsorten auseinander zu setzen, bat ich die junge Frau, mir zehn Scheiben der letztgepieksten einzupacken.

Als ich an der Kasse wartete – nachdem ich meinen einzigen Einkauf, die Mortadella, auf das Kassenband gelegt hatte – überflog ich ein wenig die Titelseiten der Magazine in der Zeitschriften-Auslage. Eine Jugendzeitschrift namens Turbosuppe spekulierte über den vermeintlichen Fußpilz des mir unbekannten Hip-Hop-Interpreten Tumultbruder. Und irgendein überflüssiger Influencer-Fuzzi hatte die chinesische Mauer im Maßstab 1:was-weiß-ich aus Fischstäbchen nachgebaut.

»Ich bin mir ziemlich sicher, dass da kein Flaschengeist im Rohrreiniger ist«, hörte ich Frau Bulczyd zu einem Kunden vor mir sagen. Der schob daraufhin Kauderwelsch murmelnd seinen Einkaufswagen energisch Richtung Ausgang.

»Die ganze Welt wird langsam völlig wahnsinnig«, meinte Frau Bulczyd als ich an der Reihe war, und mein in buntbedrucktes Papier eingewickeltes Mortadella-Päckchen auf dem Kassenband an ihr vorüberzog. Dann beugte sie sich zu mir herüber, wobei ihre Hochsteckfrisur einen Deckenhänger streifte, der Werbung für laktosefreies Vollwaschmittel machte. »Wissen Sie was?«, flüsterte sie. »In der letzten Zeit glaube ich immer öfter, dass ich in Wirklichkeit jemand anders bin.«

Bevor ich etwas darauf entgegnen konnte, unterbrach uns eine Kollegin von der zweiten Kasse: »Frau Bulczyd, hast du mal eine Rolle Groschen für mich?«

Als ich bezahlt hatte und den Kommerz Akut verließ, piepten die elektronischen Kassen die Titelmelodie der Love Story.

Während ich mich im Markt aufgehalten hatte, hatte sich vor der Tür eine Menschentraube gebildet. Ich schaute nach, was los war, und musste überrascht feststellen, dass Herr von Stein zurückgekehrt war. In der einen Hand hielt er einen Kaffeebecher, in der anderen eine Banane. »Einen wunderschönen guten Morgen, meine Freunde!«, rief er den Herumstehenden zu. »Ihr fragt euch sicherlich, warum ich hier bin. Ich bin gewesen, wo keiner von euch zuvor gewesen ist, und ich habe gesehen, was keiner von euch zuvor gesehen hat.«

Dabei gestikulierte Herr von Stein so wild mit seinen Händen, dass der Kaffee über den Rand des Kaffeebechers hinweg auf den Boden schwappte. Dort bildeten die Kaffeeflecken zusammen mit den vor längerer Zeit in die Betonplatten getretenen Kaugummis ein interessantes Camouflage-Muster.

Ich hätte natürlich gerne erfahren, wo Herr von Stein zwischenzeitlich gewesen war, konnte seinen Ausführungen aber leider nicht weiter folgen. Denn plötzlich randalierte in meiner Umhängetasche mein Telefon. Es war der Gernot. »Wo bist du? Du hast nicht mehr viel Zeit«, erinnerte er mich an die Dringlichkeit meiner Aufgabe.

»Ich bin auf dem Weg«, beschwichtigte ich ihn.

Gerd-Oliver Brimborium, der als erster Mensch die Welt rückwärts umsegelt hatte, war schon kurz nach Sonnenaufgang auf Martinique, der zweitgrößten Insel der Kleinen Antillen, eingetroffen. Seinen mattschwarzen, segelfreien Gaffelschoner, die Torte der Kathode, hatte der Kapitän an einem lauschigen Plätzchen im Hafen von Fort-de-France geparkt. Nun saß Brimborium an einem kleinen Tisch in einer kleinen, schummrigen Hafenkneipe, in der es nach feuchtem Holz, abgestandenem Bier und frischem Obst roch, und genehmigte sich ein üppiges Frühstück. In zwei Tagen sollte er sich auf einer anderen Insel, knapp 13.000 km westlich, auf der anderen Seite des Pazifiks, mit seiner Kollegin und Freundin Penelope Wong treffen.

Neben einer üppigen Portion Rührei mit Speck hatte Brimborium kleine Holzschalen mit Accras und Apfel-Beignets vor sich stehen, dazu einen Chicorée-haltigen Kaffee sowie einen Rhum Agricole, der den krönenden Abschluss des Frühstücks bilden sollte.

Von seinem Platz am Fenster hatte Brimborium einen guten Blick auf die bunt bemalten Häuser von Fort-de-France, auf Verkaufsstände mit exotischen Früchten, Gemüsesorten, Gewürzen, Blumen, hübschen Andenken und einheimischem Kunsthandwerk, fröhliche Menschen und auf das kopflose Denkmal einer französischen Kaiserin.

Er bemerkte nicht, dass sich ihm eine kräftige Gestalt von hinten näherte – ein raubeiniger Haudegen mit Vollbart, dunkelblauem Troyer, fleckiger Schlabberhose und einer verbeulten Kapitänsmütze auf dem Kopf. Ein Seebär wie aus einem Kinderbuch.

Der heftige Schlag auf seine Schulter ließ Brimborium fast seinen gerade genommenen Bissen Rührei auf den Tisch prusten.

»Dunnerslach, wen heb wir denn hier sitten!«, gröhlte ihn der Unbekannte an. Dabei war in dem Mischmasch aus Hoch- und Plattdeutsch ein rollendes R deutlich zu vernehmen. Der Unbekannte stellte seinen speckigen Seesack vorsichtig neben dem Tisch ab und setzte sich Brimborium gegenüber.

Brimborium schluckte seinen Bissen Rührei hinunter und wischte sich den Mund mit einer Papierserviette sauber, auf der ein dicker, tanzender, ›buon appetito‹ rufender Koch abgebildet war. Dann begrüßte er freudig seinen unerwarteten Tischnachbarn mit einem freundschaftlichen, kräftigen Handschlag.

»Piet Becks! Wie geht es dir?«, fragte Brimborium. »Hast du schon gefrühstückt?« Er schickte sich an, nach dem Wirt zu winken, doch Becks unterbrach ihn.

»All up steed. Wie secht man so scheun: Leever de See plögen as dat Land.« Becks lachte laut und legte seine verbeulte Mütze auf den Tisch. »Hm ...« Unter dezentem Rascheln kraulte er seinen buschigen Bart. »... wenn ich mir das recht überlegen tu ... n Pinneken Süderbraruper Doppelkorn wäre fien.«

Nachdem Brimborium vergeblich versucht hatte, beim Kneipenwirt den gewünschten Schnaps zu bekommen, hatte auch Becks ein Glas mit einem bernsteinfarbenen, rauchig-duftenden Getränk vor sich stehen.

Mit dem Spruch »Prost, wer nix hett, de hoost.« hob Becks sein Getränk in die Höhe. Brimborium tat es ihm gleich, und beide Kapitäne kippten ihre Schnäpse herunter.

»Harrijassesne!« Becks knallte sein leeres Glas auf den Tisch und schüttelte sich. »Aber nu, watt is mit dii? Ist das wahr mit dien morslang Weltumseglung, oder nur dumm Tüch?«

Brimborium schob sich einen Beignet zwischen die Zähne. Er antwortete während er kaute mit vollen Backen: »Was meinst du, Piet?!«

Becks entfuhr ein lautes, freudiges »Ha!«, ein kräftiger Schlag mit der flachen Hand auf den Tisch folgte. »Da wäre ich gern darbi wesen.« Dann griff er nach seinem Seesack, um ihn heranzuziehen. »So, du Krötenkopp, genug geschnötert.« Becks beugte sich über den Tisch zu Brimborium herüber, der gerade dabei war, sein leeres Geschirr zur Seite zu schieben. »Ich hebb nämlich was für dii.«

Als Becks sich bückte, gab er ein kurzes Ältere-Herren-Stöhnen von sich. Kopfüber kramte er in seinem Seesack. Er holte ein rundes, in Zeitungspapier gewickeltes Etwas hervor, legte es vor Brimborium auf den Tisch und begann, es zu entblättern.

»Das wirst Du nicht glöben tun«, erzählte Becks stolz. »So eine lecker ruekende Deern auf Tahiti hat mir das eines Abends in die Pauten gedrückt. ›Bring das mal dem Brimborium‹ oder so ähnlich het sie geseggt.«

»Was ist das?«, fragte Brimborium, als die große blaue, mit Beulen übersäte Glaskugel vor ihm lag. Er streichelte mit einer Hand vorsichtig über ihre Oberfläche.

»Pft«, Becks Schulterzucken verriet dem Kapitän, dass sein Gegenüber keine Ahnung hatte.

»Tahiti …«, überlegte Brimborium. »Und mehr, als dass du mir das Ding bring-n sollst, hat diese Deern nicht gesagt?«, wollte er wissen.

»Nee. Ich hebs von ihr kriegt, un denn war se futsch wie ein geölter Blitz.«

Brimborium nahm nun die Kugel in beide Hände und betrachtete sie von allen Seiten. »Hm, seltsam. Ich glaube, ich k-nne da

jemand-n, dem ich das Ding gerne mal zeig-n würde.«
   »Jou, du Krötenkopp. Das kannst du mal so machen tun.«

Neun

Mit der Kommerz-Akut-Tüte unter dem Arm betrat ich das verwilderte Grundstück des Multigravitationshauses – auf dem gleichen Weg wie bei meinem letzten Besuch. Mein Großvaters pflegte zu sagen: »Obacht geben, länger leben.« Also passte ich diesmal auf, dass mich das rostige, schmiedeeiserne Tor nicht wieder aus dem Gleichgewicht brachte.

Den Informationen auf der Serviette zur Folge sollte ich den Kellereingang nehmen, um ins Haus zu gelangen. Und wenn ich den Allwissenden Glauben schenken durfte, würde im Inneren des Gebäudes in Kürze etwas passieren. Als ich dann auf den Trümmern eines steinernen Vogelbads ein Eichhörnchen sitzen sah, schwante mir, warum ich erneut zum Multigravitationshaus kommen sollte.

»Na, wer bist du denn?«, fragte das Eichhörnchen neugierig, als ich mich an ihm vorbei zur Kellertür schleichen wollte. »Ich bin Udo«, fuhr es fort, ohne meine Antwort abzuwarten.

»Hallo, Udo. Schön, dich kennenzulernen«, sagte ich im Vorbeigehen. »Und ... bis später.« Aus den Augenwinkeln konnte ich sehen, wie Udo vom Vogelbad herunterhüpfte und im Garten verschwand.

Die Kellertür schwabbelte in ihren Angeln, als ich sie aufzog. Von der Wand bröckelte etwas Putz herunter, und eine Winkelspinne huschte zwischen meinen Füßen hindurch Richtung Mauerwerk. Da mir nur noch wenige Minuten Zeit blieben, eilte ich nach oben und kam gerade noch rechtzeitig, als der andere Ich die Terrassentür durchbrach. Ich stand selbst vor mir und blickte in mein eigenes Gesicht.

»So früh hätte ich dich gar nicht erwartet«, meinte ich, bevor ich ihn packte und ins Haus zog. »Ich hätte nicht gedacht, dass du schon hier bist.«, sagte ich, während ich in der Kommerz-Akut-Tüte buddelte. »Aber umso besser, dann können wir gleich los. ... Ah, hier ist sie.« Ich zog die Packung Mortadella heraus.

Der andere Ich schaute etwas fragend, deshalb erklärte ich ihm, was mir die Allwissenden auch bereits auf die Serviette geschrieben hatten: »Hier im Haus wirken unterschiedliche Schwerkräfte. Wir müssen das Zentrum des Hauses finden. Dort wo alle Kräfte gleichmäßig wirken.«

Wir hatten beide den gleichen Gedanken: »Schwerelosigkeit«, sagten wir gleichzeitig.

»Du hast hoffentlich die Schatulle dabei?«, fragte ich den anderen Ich mit strengem Blick.

»Die Regenbogenschatulle?«, fragte der.

»Genau die.«

»Hab ich. Aber ich weiß immer noch nicht, was ...«

»Na, dann los.«, unterbrach ich ihn.

Als der andere Ich voreilig den Flur betreten wollte, hielt ich ihn zurück. »Moment«, sagte ich. Dann zog ich eine Scheibe Mortadella aus der Packung und warf diese locker aus dem Handgelenk Richtung Decke. »Jetzt pass auf. Eine einfache Möglichkeit festzustellen, in welche Richtung die Schwerkraft wirkt«, erklärte ich dabei. Und tatsächlich: Die Scheibe Mortadella hatte zur linken Wand abgedreht und blieb dort mit einem schmatzenden Geräusch kleben.

»Jetzt ist links unten«, stellte ich lächelnd fest.

Dann hatten wir beide die gleiche Idee: Wir legten uns flach auf den Boden, krochen mit den Füßen voran in den Flur und rutschten sofort zur linken Wand. Dort standen wir einen Moment quasi waagerecht im Raum, um uns zu orientieren, und gingen dann auf der Wand zur nächsten Tür. Im folgenden Raum zeigte uns der Mortadella-Trick, dass die Schwerkraft dort zur Decke wirkte. Also bewegten wir uns einen Moment kopfüber durchs Haus.

So kraxelten wir weiter durch die Räume des Hauses, immer eine Scheibe Mortadella voran, um festzustellen, wo für uns oben und unten war.

Irgendwann erreichten wir ein Zimmer im zweiten Stock. Ich wandte wie gehabt meinen Trick an. Aber anstatt sofort zu einer Seite des Raumes zu flitzen, schwebte die Scheibe Mortadella langsam auf Augenhöhe davon. Wir schauten uns an.

»Gefunden«, sagte ich zufrieden..

»Und was müssen wir jetzt tun?«, fragte der andere Ich.

»Wir passen auf, wohin sich die Scheibe bewegt. Und wenn sie stehen bleibt, müssen wir hinterher und an genau der Stelle die Regenbogenschatulle öffnen.«

Wir schauten der Scheibe Mortadella nach. Nach etlichen Sekunden und wenigen Metern blieb sie in der Luft stehen und bewegte sich nicht mehr. Wir stießen uns vorsichtig am Türrahmen mit den Füßen ab und schwebten zur Scheibe Mortadella hinüber. Dort angekommen, hielten auch wir an, aber drehten uns noch etwas um die eigene Achse.

»So, jetzt bist du dran«, sagte ich zum anderen Ich.

Sich langsam weiter drehend holte der die Schatulle aus seiner Umhängetasche.

»Aber erinnerst du dich: ›Niemals in geschlossenen Räumen öffnen‹, hatte Großvater damals gesagt.«, merkte der andere Ich an.

»Ich weiß.« Ich drehte mich ihm entgegen. »Aber du musst es tun.«

Als die Drehbewegung des anderen Ich nachließ und er sich im Raum stabilisiert hatte, klappte er vorsichtig den Deckel der Schatulle hoch.

Wie nicht anders zu erwarten schmetterte uns eine Fontäne aller erdenklichen Farben entgegen, verteilte sich im Raum, prallte von den Wänden ab, um sich selbst wieder entgegen zu schießen. Es schien, als würde der Inhalt der Schatulle explodieren.

Weil ich darauf vorbereitet war, was passieren würde, hatte ich mich so gut ich konnte etwas zurück gehalten. Dennoch erwischte mich die Farbfontäne mit voller Wucht. Sie schleuderte mich aus dem Zimmer hinaus auf den Flur, wo ich kopfüber an der Wand kleben blieb. Etwas benommen schaute ich in den Raum zurück.

Der andere Ich lag flach auf dem Rücken und regte sich nicht. »Wird so schlimm nicht sein«, wusste ich. Und ich wusste, dass er in Kürze einen aufregenden Abend in unserem Stammlokal erleben würde. Den Abend, den ich bereits erlebt hatte. Aber konnte das sein? Wie wäre so etwas möglich?

»Hallo Du«, vernahm ich eine Stimme als ich langsam zu Boden rutschte. Vor dem sich nach und nach auflösenden Farbspektakel der Regenbogenschatulle schwebte in Augenhöhe eine blassblaue Blase.

»Du tauchst wohl immer dann auf, wenn man es am wenigsten erwartet, was?!«, meinte ich.

»Nun ja«, entgegnete die Blase in einem etwas wabernden Tonfall. »Eigentlich bin ich ja gar nicht hier ... und eigentlich wieder doch ... von außen betrachtet.«

»Ja ja, das weiß ich doch schon«, unterbrach ich die Blase.

»Aber ...«, fuhr sie fort. »... um das, was auf dich zukommt, musst du dir keine Gedanken machen. Es ist schon längst passiert ... oder eben noch nicht ... kommt ganz darauf an.«

Ich wollte die Blase noch fragen, ob sie damit wirklich mich oder vielleicht den andferen Ich meinte. Aber da hüstelte die Blase schon ein paar Mal und platzte mit einem lauten Knall.

Auf einer durchnässten Wiese ...

... an einem kleinen Teich, auf dem die Enten und Frösche bereits schliefen, weil es schon Nacht war – eine sternenklare, fast lautlose Nacht, in der nichts zu hören war, außer dem Rascheln der Gräser, die unter dem sanften Druck einer umherstreifenden frischen Brise nervös zitterten.

Der Teich lag etwas versteckt in einem Wäldchen und war fast vollständig umrahmt von Sauergras und Lampenputzern – bis auf ein kleines Stück, auf dem das Ufer flach ins Wasser abfiel und so den Enten die Möglichkeit bot, bequem ins Wasser hinein uns wieder hinaus zu spazieren.

Der ausladende Ast eines Baumes, der über den Teich gewachsen war, patschte vom Wind bewegt in regelmäßigen Abständen auf die Wasseroberfläche, so dass sich immer neue Wasserringe auf dem See ausbreiteten. Die Wasserläufer störte das nicht, sie zogen noch zu dieser späten Stunde in Ufernähe ihre Bahnen.

Eine Blindschleiche mit ausgeprägter Sehkraft flüchtete ins Gestrüpp, weil sie Schritte vernahm. Vom Kiesweg, der am Teich vorbeiführte, näherte sich nämlich eine menschliche Gestalt. Ein Mann mit Hut und schwarzen Gehrock, der von einem Spazierstock begleitet wurde. Der Stock hüpfte wie von einem unsichtbaren Marionettenspieler geführt neben dem Mann durchs Gras. In den auf Hochglanz polierten Lackschuhen des Besuchers spiegelte sich das Mondlicht.

Der Mann blieb am Ufer des kleinen Teichs stehen. Tautropfen sammelten sich auf der Krempe seines Huts. Sein Blick schweifte über die stille Wasseroberfläche. Langsam bewegten sich seine Augen hin und her.

»Kommen Sie ruhig heraus!«, rief der Mann über seine Schul-

ter nach hinten. »Sie wissen doch, dass ich weiß, dass Sie bereits eingetroffen sind.«

»Dasch schollte doch eine Überraschung schein«, meldete sich eine Stimme aus dem Gebüsch. Eine Frau kroch hervor. Einige violette Ligusterblätter klebten an ihrer rosafarbenen Steppjacke.

»Sie wissen auch, dass mir Überraschungen stets zuwider sind«, erwiderte der Mann.

»Aber einen Verschuch warsch wert.« Die Frau zupfte sich ein paar Blätter von der Jacke, während sich das verknitterte Gebüsch selbst wieder herrichtete. »Und ich hoffe, dasch Schie tschumindescht eine Ahnung haben, warum wir hier schind.«

»Ich muss Sie leider enttäuschen: nein. Aber ich vermute, wir werden es gleich erfahren.« Der Mann wies auf eine weitere Person, eine Frau in einem roten Samtmantel, die sich aus dem Schatten der Bäume löste und ins Mondlicht trat.

»Lady, Consul.« Die Frau nickte den anderen beiden zu. »Ich freue mich, dass Sie es einrichten konnten ... vor allem so kurzfristig.«

»Guten Abend, Mademoiselle«, erwiderte der Consul und lüpfte zur Begrüßung seinen Hut.

»Das, weswegen ich Sie hergebeten habe, lässt leider keinen Aufschub zu«, fuhr die Mademoiselle fort.

Der Consul stützte sich mit überkreuzten Händen auf seinen Spazierstock. Absurde Begeisterung stand ihm ins Gesicht geschrieben. Die Lady vergrub ihre Hände in den Taschen ihrer raschelnden Steppjacke. Beide warteten neugierig ab.

Am Mond vorbeiziehende Wolken verdunkelten für einen kurzen Moment das Gesicht der Mademoiselle. »Es gibt unbequeme Konstellationen, die sich vermutlich unseres Einflussbereichs entziehen, und über die ich Sie unterrichten muss. Aber lassen Sie uns ein Stückchen gehen. Zum einen ist es doch etwas kühl hier. Zum anderen erwarten wir nämlich noch einen weiteren Gast.«

»Nun denn«, meinte der Consul, während er der Lady den Vortritt ließ.

Beim Gehen hinterließ der Spazierstock des Consuls im feuchten Boden kleine Vertiefungen, die sich langsam mit Wasser füllten. Feuchter Nebel wogte in Wadenhöhe über die Wiese, wurde von den Bewegungen der Drei zerstoben.

Nachdem sie einige Schritte zurückgelegt hatten, hallte der Warnruf eines genervten Eichelhähers durch die Bäume.

»Warten Sie«, forderte die Mademoiselle die anderen beiden auf. »Gleich geht es los.«

Und dann ging es los.

Es knisterte und knackte, und von jetzt auf gleich kreisten ein paar blaue Lichter, vielmehr Kugeln, vor den dreien über dem Boden. Dabei machten diese ein Geräusch, als würde man mit einer elektrischen Zahnbürste eine Blechdose schrubben.

Die blauen Kugeln flitzten in elliptischen Bahnen ziemlich schnell umeinander herum. Das Ganze sah aus wie das Atom-Modell in einem Physikbuch, wie man es aus der Schule kennt.

Als sie sich auf ihren Bahnen immer näher kamen, verstarb das Schrubb-Geräusch langsam, während die bunten Lichter zu einem kleinen, weißen, immer heller werdenden Lichtpunkt verschmolzen.

Dann gab es einen Knall und einen grellen Blitz, und plötzlich stand ein kleiner, breiter Mann in grauen Wollhosen und einem schweren weinroten Wollmantel auf der Wiese, der unter dem *linken Arm eine hellbraune, zerbeulte Aktentasche geklemmt hatte.*

»Ich grüße Sie von ganzem Herzen. Mein Name ist Porsiflet Esteflon, ich bin der Gesandte von Vegerancia, dem Dorf der zwei Monde«, stellte sich der Mann vor. »Vielleicht haben Sie schon einmal davon gehört«, wandte er sich hauptsächlich an die Lady und den Consul, die daraufhin zustimmend nickten. »Dann kommen Sie und staunen Sie! Ich habe für Sie nichts weiter als blankes Wissen vom anderen Ende der Welt.«

Der Mann führte die Gruppe zu einem nicht weit vom Teich gelegenen Hünengrab. Dort setzte er sich auf einen der herumliegenden Megalithen, stellte seine Aktentasche neben sich ab und deutete den Anderen, ebenfalls Platz zu nehmen.

»Behäbigkeit ist hier nicht gefragt, es ist ein offener Geist gefordert«, sprach der Gesandte.

»Da bin ich aber geschpannt«, meinte die Lady.

»Ich muss in der Geschichte weit zurück gehen«, fing der Gesandte zu erzählen an. »Zurück ins 16. Jahrhundert, in die Zeit der Eroberung Südamerikas durch die Spanier und Portugiesen. Die Konquistadoren mögen damals bei ihren Raub- und Eroberungszügen zweifellos auf Reichtümer wie Gold und Silber aus gewesen sein. Der Mythos um das sagenhafte Goldland El Dorado ist aber tatsächlich auf einen Überlieferungsfehler zurückzuführen. Der ursprüngliche Begriff lautete El borano.«

Die Lady und der Consul waren überrascht.

»Und wasch heischt dasch?«, fragte die Lady.

»Nun«, fuhr der Gesandte fort. »Es ist das spanische Wort für Boran, eine überaus seltene Substanz, der magische Eigenschaften zugesprochen werden. Durch den besagten Überlieferungsfehler ist diese Substanz für mehrere hundert Jahre in

Vergessenheit geraten. Bis der Wissenschaftler Epsilon Kovacz herausfand, dass es das Boran bereits viele hundert Jahre vor den Konquistadoren gegeben haben muss, und auf allen Kontinenten Spuren dieser Substanz zu finden waren ... unter anderem in Vegerancia.«

»Gehe ich Recht in der Annahme ...«, meldete sich der Consul. »... dass dieses Boran etwas mit den beiden Monden in Vegerancia zu tun hat?«

»Unsere zwei Monde gibt es schon sehr sehr lange«, antwortete der Gesandte. »Und ja, wir gehen davon aus, dass tatsächlich das Boran für ihr Erscheinen verantwortlich ist. Und daran können Sie auch sehen, welche enorme Kraft von dieser Substanz auszugehen scheint.«

»Und Kovacz hat noch etwas herausgefunden«, warf die Mademoiselle ein. »Vegerancia scheint der Ursprung des Borans zu sein. Von dort ist es über die ganze Welt verteilt worden.«

»Oh ja«, freute sich Esteflon. »Jetzt wird es noch interessanter ...« Er nickte der Mademoiselle zu: »Bitte ...«

»In Vegerancia wurden für sehr lange Zeit Aufzeichnungen erstellt, wohin das Boran gelangt ist. Und irgendwo auf der Welt soll es das ultimative Etwas geben – das, was alles auf den Kopf stellt, was man bisher zu wissen glaubte.«

Die Lady und der Consul tauschten fragende Blicke aus. »Gibt es dazu gegebenenfalls noch nähere Informationen?«, wollte der Consul wissen und sah den Gesandten und die Mademoiselle abwechselnd an. »Ist beschrieben, um was es sich bei dem ominösen Etwas handeln könnte?«

»Dazu möchte ich Ihnen ein großartiges Sprichwort aus Vegerancia offenbaren:«, entgegnete der Gesandte. »Auch der größte Waschbär trägt keine Mokassins.«

Der Gesandte griff sich seine zerknautschte Ledertasche, ließ die messingfarbenen Verschlüsse aufschnappen und griff hinein. Die anderen schauten gebannt zu, was nun passieren würde. Der Gesandte holte ein kleines, in Butterbrotpapier gewickeltes Päckchen hervor. Das faltete er ganz vorsichtig auseinander, und zum Vorschein kam: ein belegtes Butterbrot.

»Eine kleine Stärkung muss schon sein«, nuschelte Esteflon, während er genüsslich in seine herzhafte Stulle biss.

»Leider sind Aufzeichnungen irgendwann spurlos verschwunden«, fuhr der Gesandte nach ein paar weiteren Bissen fort. »Aber wir sind auf der Suche nach ihnen.«

»Ich schlage folgendes vor: ...«, ergriff die Mademoiselle das Wort, die nun aufstand und ihren Mantel zurecht zupfte, der ihr beim Sitzen etwas über die Knie nach oben gerutscht war. »... Lassen wir doch vorerst alle in dem Glauben, dass es tatsächlich ein geheimnisvolles Buch der Gilde gibt.«

»Ha«, bemerkte die Lady.

Die Mademoiselle überlegte kurz, dabei schaute sie die Lady an. »Wobei ich befürchte, dass sich bald herumsprechen wird, dass solche Bücher gar nicht existieren.«

Zehn

Dort, wo eben noch die blassblaue Blase zu schweben schien, stand in all ihrer Pracht Leoa vor mir.

Leider nicht in einem durchscheinenden Gewand, wie ich es mir im Pöbelpott ausgemalt hatte, sondern in dem gummierten Hosenanzug unserer ersten Begegnung. Wieder schwebte sie wie in Zeitlupe auf mich zu. Ihr Orangenduft begann, meine Sinne zu benebeln.

»Schön, Sie wiederzusehen«, begrüßte Leoa mich. »Ich hoffe, Ihrem Freund geht es wieder besser.«

»Ja, ich denke schon.« Mir fiel ein, dass ich nach dem Tumult in der Kokolores, bei dem Mombusa ein paar Rippen gebrochen wurden, noch gar nichts wieder von ihm gehört hatte.

»Ich bin heute hier, um Ihnen zu verraten, dass ich dafür gesorgt habe, dass der Grumpelmann zu Ihnen findet«, erzählte Leoa. »Er bringt Sie, wenn Sie wollen, an jeden Ort der Welt. Und das ganz leicht. Haben Sie den kleinen, glänzenden Holzkasten Ihres Großvaters, den mit dem Schalter und dem Regler auf der Vorderseite?«

»Den Flixberger? Ja, den habe ich dabei.«

»Den benötigen Sie, damit das Ganze funktioniert.«

»Aha, und wie?«, fragte ich.

»Schalten Sie den Flixberger an, drehen Sie den Regler auf die höchste Stufe, und berühren Sie einen beliebigen Punkt auf dem Grumpelmann. Sie werden augenblicklich dorthin reisen. Und wenn Sie zu Ihrem Ausgangspunkt zurück wollen, drehen Sie einfach wieder den Regler auf die niedrigste

Stufe. Der Flixberger und der Grumpelmann werden dabei immer bei Ihnen sein.«

»Was heißt ›reisen‹?«, wollte ich noch wissen, aber Leoa schaute etwas bedröppelt, und ich wusste schon, was jetzt kam.

»Ach, es ist wieder soweit«, sagte Leoa.

»Moment«, wollte ich sie aufhalten. »Können wir uns nicht einfach mal so irgendwo treffen? Vielleicht, um belegte Brote zu essen?« Etwas besseres fiel mir nicht ein.

Leoa lächelte. »Vielleicht.« Dann verpuffte sie wie üblich in einer Wolke gelben Staubs.

Ich sammelte die Regenbogenschatulle ein und kletterte ohne Mortadella zurück zum Kellereingang, um nachhause zu gehen.

Auf dem Weg entdeckte ich die Konditorei Glupsch. In deren Verkaufsraum hatte sich eine schnatternde Gruppe älterer Herrschaften, vielleicht ein Seniorenausflug, versammelt. Frau Glupsch kam in einer schwarzen Kittelschürze mit der Aufschrift *Back in black* aus der Backstube zu ihrer Kundschaft gehuscht. Sie zählte rückwärts bis 31 und summte »Ich möcht so gern Dave Dudley hören«.

»Lecker, lecker, Kuchenbäcker!«, rief sie den Anwesenden zu, die daraufhin für wenige Sekunden ihr Geplapper unterbrachen.

Ich konnte der Seniorentruppe mit meiner Bestellung glücklicherweise zuvor kommen und griff mir dann zufrieden mein in eine Tüte verpacktes Brötchen-Sortiment vom Tresen. Die älteren Damen und Herren blockierten derweil den Blick auf die hinter Glas präsentierten Leckereien, unterhielten sich lautstark, während sie gleichzeitig versuchten, Bestellungen an Frau Glupsch und die Konditorei-eigenen Einsatzkräfte loszuwerden.

»Ich hätte gerne eins von diesen niedlichen Joghurt-Törtchen.«

»Neulich gab es ja den Marlon Brando im Fernsehen.«

»Für mich bitte ein Stückchen Frankfurter Kranz.«

»Meine Enkelin studiert jetzt in Alabama.«

Als ich mit meiner Brötchentüte wieder auf die Straße trat und am mit Brezeln geschmückten Schaufenster vorbei schlenderte, rief plötzlich jemand von hinten: »He, hallo. Warten Sie einmal!«

Ich drehte mich um. Es war Hippolith Mombusa, der mir nachgeeilt kam. Er hatte eine angebissene Bratwurst im Brötchen in der Hand, mit der er mir zuwinkte und dabei Senftropfen um sich verteilte.

Schon polterte die Senioren-Mannschaft schnatternd und lachend aus der Bäckerei Mombusa direkt in den Weg. Der prallte auf die Gruppe, wurde ausgebremst und hätte im Lauf fast seinen mittlerweile senflosen Bratwurst-Rest verloren. Nur ein beherztes Zubeißen Mombusas konnte den Wurst-Stummel vor dem Sturz auf den Gehweg bewahren.

Ich glaubte, den Parabelflug eines Quarkbällchens ausmachen zu können. Eine Dame in einem dunkelgrünem Lodenmantel mit Hirschhornknöpfen, die einen Hut mit Gamsbart trug und damit aussah, als würde sie zur Rotwild-Jagd aufbrechen wollen, wetterte: »Entschuldigen Sie mal ganz gewaltig!«

Nachdem er sich aus dem Senioren-Pulk befreit hatte, blieb Mombusa – etwas außer Atem, kauend, mit einem nichtssagenden, weichen Brötchen in der Hand – vor mir stehen.

»Sie haben's aber eilig, was?!«, witzelte ich.

»Das kann man wohl sagen", schnaufte Mombusa, nachdem er den letzten Wurst-Stummel heruntergeschluckt hatte. »Gut, dass ich Sie gefunden habe. Ich muss Ihnen unbedingt etwas zeigen.«

»Wenn es wieder um ein Buch geht ... ich weiß mittlerweile ...«, wollte ich ihn bremsen.

»Nein, das ist es nicht«, unterbrach mich Mombusa. »Kommen Sie einfach mit, Sie werden es kaum glauben!«

Wir eilten durch die wie leer gefegten Straßen. Obwohl es noch früh am Tag war, hatte es bereits zu Dämmern begonnen. Diese Tatsache warf in mir eine Frage auf, nämlich, warum es jetzt bereits zu dämmern begann. Die normalen Passanten hatten sich verzogen, stattdessen machten sich nun Nachtschwärmer und Personen auf den Weg, die noch ihr Abendbrot organisieren mussten.

Wir kamen am besten Plattenladen der Stadt vorbei: *Ultraschall*. Ein Paradies für musikalische Schätze außerhalb des Ich-höre-eigentlich-alles-Niveaus, und voller Vinyl-Kostbarkeiten. An den Wänden links und rechts der Eingangstür tummelten sich mehrschichtig Plakate vergangener und bevorstehender Konzerte. Im großen Format und grellen Farben wurde z.B. die rein aus Finno-Ugristik-Studentinnen bestehende Punkband *Mösengören* angekündigt.

Ein Handtaschenhund im karierten Regenmäntelchen und bunt blinkendem Halsband kam auf uns zugeschossen. Kläffend hopste er wie ein Derwisch um uns herum, bis ihn von der anderen Straßenseite ein Frauchen älteren Semesters zu sich zurück beorderte.

Plötzlich wälzte sich eine riesige, weiß-rot-grün gestreifte Zahnpasta-Wurst auf uns zu und versperrte uns den Weg. Sie bäumte sich vor mir auf und sprach mit sonorer Stimme: »Willkommen im Zoo«. Dann sackte die Wurst in sich zusammen, rollte über die Straße davon und hinterließ lediglich ein paar bunte Streifen auf den Pflastersteinen sowie ihr minziges Aroma mit einem Hauch Banane in der Luft.

Ich erwiderte Mombusas fragenden Blick. Dann liefen wir weiter. Die untergehende Sonne presste die Schatten von Masten, Verkehrsschildern und kahlen, hohen Bäume wie einen Barcode auf die Straße.

Mombusa stoppte plötzlich und zog mich in einen schlecht beleuchteten Hauseingang.

»Wir sind da«, sagte er. »Schauen Sie.« Er nickte in Richtung Straße.

Ich spähte vorsichtig aus dem Hauseingang heraus. Ein Stück die leere Straße hinunter sah ich mich selbst, langsam auf Mombusa und mich zu schlendern. Wegen der kümmerlichen Lichtverhältnisse konnte der andere Ich uns im schummrigen Hauseingang glücklicherweise nicht erkennen.

»Jetzt kommt's«, freute sich Mombusa. Er beugte sich vor und schrie: »Kissenschlacht!«

Was dann passierte, hatte ich ja schon erlebt.

Bevor sich das kolossale Feder-Gestöber ausbreiten konnte, rannten Mombusa und ich davon.

Wieder zuhause legte ich den Grumpelmann vor mir auf den Küchentisch und schlug einen leicht müffelnden, großformatigen Weltatlas auf, den ich seit meiner Schulzeit im Bücherregal aufbewahrt hatte. Ich drehte den Grumpelmann in verschiedene Richtungen. Dann platzierte ich ihn, wie Luckner es mir gezeigt hatte, anhand der zwei großen Beulen auf dem Tisch und verglich das Ganze mit Kontinental- und Landkarten im aufgeschlagenen Weltatlas.

Die kleinen Beulen schienen Orte auf der ganzen Welt zu markieren. Die meisten befanden sich aber auf den südlichen Kontinenten. An den Polen gab es keine, dafür ganz wenige im Norden Europas.

Ich fragte mich, was es wohl dort überall gab, das für meinen Großvater von Interesse war. Was waren es für ›Phänomene‹, wie sie König Balatum bezeichnete.

Wenn ich Luckner richtig verstanden hatte, waren er, Wong, Mombusa und Brimborium noch nicht an allen Orten gewesen. Welche Orte waren es, die sie noch nicht besucht hatten, und was würde ich dort finden?

Ich konnte nun mit Hilfe des Flixbergers wohin ich wollte. Aber wohin sollte ich zuerst? Schließlich wusste ich ja nicht, wer oder was mich an den Orten erwartete.

Der willkürlich durchgeblätterte, aufgeschlagene Weltatlas präsentierte mir auf einer großzügigen Doppelseite eine topografische Karte Griechenlands. ›Warum nicht‹, dachte ich mir, griff mir mein Telefon und rief kurzentschlossen Luckner an.

»Haben Sie Freunde in Griechenland?«, überrumpelte ich ihn, als er sich nach einigen Sekunden meldete. Luckner stellte keine weiteren Fragen – etwa, warum ich ausgerechnet dorthin wollte, und warum so spontan – sondern versprach, sich sofort mit jemandem vor Ort in Verbindung zu setzen.

Ich nahm den Flixberger aus meiner Umhängetasche, stellte ihn vor mir neben den Grumpelmann. Ohne eine Vorstellung davon zu haben, was gleich passieren würde, aber festen Willens, das kleine Gerät nun auszuprobieren, tat ich, was mir Leoa beschrieben hatte: Ich drehte den Regler des Flixbergers bis zum Anschlag auf. Nach einer kurzen, ergebnislosen Überlegung, was ich sonst noch mitnehmen müsste, drückte ich meine Umhängetasche an mich und berührte vorsichtig die Beule auf dem Grumpelmann, die einen ganz bestimmten Ort in Griechenland markierte.

Was dann kam, war nicht etwa – wie in Science-Fiction-Filmen – eine unglaubliche Verzerrung meiner Umgebung bis zur Unkenntlichkeit. Oder ein rasanter, kurvenreicher Flug durch ein bunt blitzendes Wurmloch. Auch wurde ich nicht in meine Atome zerbröselt, die sich dann als schlängelnde Wurst durch die Zimmerdecke verflüchtigten.

Es gab lediglich ein Geräusch, als würde man sich auf ein prall gefülltes Furz-Kissen setzen. Und schon saß ich nicht mehr in meiner Küche, sondern stand im Schatten einer hohen Pinie und blickte überrascht und gegen die Sonne blinzelnd auf eine steinige Ebene, die mit kniehohen Sträuchern wilder Kräuter gespickt war. Agiorgitiko-Weinreben, die in scheinbar endlosen Reihen an den lehmigen, kalkhaltigen Hängen der mich umgebenden Berge angebaut waren, malten ein gelbgrünes Streifenmuster in die Landschaft.

Nun war ich irgendwo in Griechenland.

Woanders:

›Wie schade‹, dachte die junge Frau, während sie eine Strähne ihres fluffigen, goldbraunen Haares um ihren Zeigefinger wickelte. Sie saß am Resopaltisch in der kleinen Küche ihrer 3-Zimmer-Wohnung und schaute aus dem Fenster, wobei sie beobachtete, wie dort auftreffende Regentropfen beim Heruntergleiten andere Tropfen mit sich rissen. »Nun habe ich meinen Mantel leider schon an die Garderobe gehängt«, bedauerte sie und gähnte.

Elf

Luckner hatte wie versprochen einen alten Bekannten kontaktiert. Dieser hatte sich mit mir in der Ruinenstadt Nemea verabredet, in der im Antiken Griechenland alle zwei Jahre die Nemeischen Spiele stattfanden. Einer Sage zufolge war einst ein Wettkämpfer sauer über seine Niederlage, spielte auf einer magischen Flöte, und nicht nur Tiere und Menschen tanzten, sondern auch Häuser und Felsen. Diese hüpften umher und begruben die anwesenden Menschen unter sich.

Herr Chatzitheodosiou hatte es sich auf einem Trümmerteil vor den Ruinen des Zeus-Tempels bequem gemacht und las Zeitung. Hinter ihm ragten ein paar einsame Säulen in den wolkenlosen eisblauen Himmel, die viel Ähnlichkeit mit den Säulen aufwiesen, die ich in Luckners Büro gesehen hatte. In der Rotunde brodelte ein Süppchen.

»Kali méra«, rief ich Herrn Chatzitheodosiou zu.

Nach wenigen Sekunden senkte sich die Zeitung und das freundliche Gesicht des Griechen erschien. »Geia sou«, begrüßte er mich, während er aufstand und seine Zeitung zusammenfaltete. »Haben Sie gut hergefunden?«

»Gute Frage«, dachte ich, da mir in dem Moment bewusst wurde, dass ich dem guten Mann ja schlecht erzählen konnte, ich wäre mittels einer blauen Glaskugel nach Griechenland gereist. »Ich denke schon«, antwortete ich.

»Sie kennen also meinen alten Freund Eddie?«, wollte Herr Chatzitheodosiou wissen.

Luckner hatte ja bereits meinen Besuch angekündigt. Ich

berichtete in groben Zügen, weswegen ich nach Griechenland gekommen war, verriet aber nichts über die unglaublichen Gegenstände in meiner Umhängetasche.

»Ich kann mir vorstellen, was Ihr Großvater hier zu finden hoffte. Kommen Sie mit zum Anápoda.« Herr Chatzitheodosiou klemmte sich seine Zeitung unter den Arm und stapfte Richtung Zeus-Tempel davon.

»Anápoda ... wer oder was ist das?«, rief ich ihm nach.

»Lassen Sie sich überraschen«, meinte der Grieche und streckte den erhobenen Zeigefinger in die Luft.

Wenige Minuten später saßen wir in einem alten Militär-LKW und ruckelten über eine staubige Piste über die Peloponnes.

Unsere Fahrt führte uns vorbei am 30 Kilometer westlich von Nemea gelegenen Stymfalia-See, auf dem tausende von Zugvögeln einen Zwischenstopp auf ihrer Rückreise aus dem Winterquartier eingelegt hatten. Als ich aus dem Seitenfenster auf üppige Pinienwälder, strahlende Felsen und Wiesen blickte, die in einem überwältigenden Grün erstrahlten, musste ich unweigerlich an einen Sommer vor ein paar Jahren zurückdenken – ein nicht zu heißer und nicht zu trockener Sommer, der eigentlich sehr angenehm hätte werden können, wenn nicht diverse Radiosender die Hörerschaft mit dem Schlagersänger Ernst Bertram und seinem Mitgröhl-Sommerhit *Hilde, Rita – Gyros Pita* malträtiert hätten.

Nach einer knappen Stunde erreichten wir den Kyllini, das zweithöchste Bergmassiv der Peloponnes. Auf seinen fruchtbaren Westhängen hatte man vor etlichen Jahren begonnen, Oliven zu kultivieren, so dass sich nun ein Meer von Olivenbäumen wie eine flockige grüne Decke über den halben Kyllini ausdehnte.

Einige Wildziegen hatten es sich im Schatten der Olivenbäume gemütlich gemacht. Herr Chatzitheodosiou führte mich kreuz und quer durch den Olivenwald. Mal bog er in die eine Richtung ab, mal in die andere – vermutlich wollte er mich nur verwirren. Dann kamen wir plötzlich auf eine Lichtung, in deren Mitte ein kleines, rundes Häuschen stand. Sein Dach hatte die Form einer Halbkugel, im typisch griechischen Blau. Das verputzte Mauerwerk blendete uns in einem enormen Weiß, das noch strahlender war als in jeder Waschmittel- oder Zahnpasta-Werbung.

»Das ist der Anápoda«, sagte Herr Chatzitheodosiou und wies mit dem Arm auf das Häuschen.

Ich hatte, ehrlich gesagt, etwas mehr erwartet und schaute den Griechen fragend an.

»›Anápoda‹ bedeutet soviel wie ›auf den Kopf gestellt‹ «, erklärte der. »Kommen Sie, wir gehen hinein. Dann werden Sie sehen.«

Ein Wildziegenbock, der den Eingang des Häuschens blockierte, trottete meckernd davon, als wir uns ihm näherten. Die Tür ließ sich knarzend öffnen, abgesplitterter Lack bröselte zu Boden, und aus dem Häuschen kam uns ein Hauch kühler aber abgestandener Luft entgegen. Drinnen war es recht duster, denn nur ein kleines Sprossenfenster ließ ein wenig Licht hereinschleichen. Also tastete ich nach einem Lichtschalter an der Wand.

Brutzelnd begann eine Glühbirne zu leuchten, die an zwei aus der Wand ragenden Kabeln hing. Überall blätterte der Putz von den Wänden. In einer Ecke lag ein Stuhl, dem jemand gewaltsam eins seiner vier Beine entfernt hatte. Das Häuschen schien verlassen zu sein. Ein leerer Raum, in dessen Mitte im Licht der Glühbirne der Anfang einer gusseisernen Wendeltreppe zu erkennen war, die hinabführte.

Herr Chatzitheodosiou schloss die Tür hinter uns, drängelte an mir vorbei und begann, die Wendeltreppe hinunter zu steigen. »Kommen Sie«, forderte er mich auf.

Ich folgte dem Griechen. Mehrere einsame Glühbirnen beleuchteten unseren Weg etliche Treppenwindungen nach unten. Als wir endlich ganz unten angekommen waren, standen wir vor einer fensterlosen Tür.

Herr Chatzitheodosiou ließ mir nun den Vortritt. »Parakalo. Nach Ihnen«, sagte er.

Das Erste, was ich sah, als ich durch die Tür trat, war ein strahlend blauer, fast wolkenloser Himmel. Das Zweite, den grün bedeckten Kyllini und den Olivenwald unter uns.

Ich bekam einen leichten Schreck, musste mich kurz an dem hüfthohen gusseisernen Geländer festhalten.

»Sehen Sie, deswegen Anápoda«, meinte Herr Chatzitheodosiou. »Oben ist unten, unten ist oben. Fragen Sie mich nicht, wie das möglich ist. Ich glaube, deswegen war Ihr Großvater hier. Wie mir mein Freund Eddie nämlich erzählte, schien sich Ihr Großvater für merkwürdige Dinge zu interessieren. Und ich finde, dieses Häuschen ... oder sollte ich sagen: dieser Turm ... ist schon sehr merkwürdig.«

»Hallo«, hörte ich eine mir bekannte Stimme. Ich drehte mich um. Hinter mir schwebte eine blassblaue Blase.

»Du schon wieder«, meinte ich zu der Blase.

Herr Chatzitheodosiou schien sie nicht bemerkt zu haben,

aber ohnehin stand die Zeit mal wieder still, und der Grieche schaute nur stoisch in die Landschaft.

»Wirst du gleich wieder platzen?«, fragte ich die Blase.

»Ich denke ja«, antwortete die. »Gleich oder später ... kommt darauf an. Weiß ich auch nicht.«

»Aha. Na, dann warte ich mal ab.«

»Du kannst nicht warten«, meinte die Blase. »Du musst dich beeilen. Schau mal nach unten.«

Zuerst fiel mir nichts Besonderes auf. Zwischen den Olivenbäumen schlichen lediglich ein paar Wildziegen herum. Doch dann bemerkte ich, wie einer der Bäume seine Form veränderte. Der Stamm beulte sich an verschiedenen Stellen langsam nach außen und wurde immer dicker. Mit einem dezenten Knall schließlich wurde ein Teil der knorrigen Rinde in verschiedene Richtungen davon geschleudert. Eine Person in einem Trenchcoat trat aus dem Stamm ins Freie. Dieser Trenchcoat, den ich bei 32° Außentemperatur nicht erwartet hatte, kam mir sehr bekannt vor. Darin steckte nämlich der Sparkommissar, der mit einem gewieften Handgriff seine Tolle in Form brachte, sich ein paar Rindenreste von den Schultern wischte und schnurstracks auf das Häuschen zusteuerte.

Auch hinter mir knallte es. Die blassblaue Blase platzte, ohne vorher gehüstelt zu haben. Ein paar blaue Fetzen flogen mir in den Nacken. Herr Chatzitheodosiou bewegte sich immer noch nicht.

Sicherlich wusste der Sparkommissar nicht, dass ich ihn schon entdeckt hatte. Also rannte ich los. Während ich die Wendeltreppe hinauf spurtete, wühlte ich in meiner Umhängetasche nach dem Flixberger. Als ich das Ende der Treppe erreichte, hatte ich den kleinen Kasten endlich hervorgeholt.

In dem Moment wurde die Eingangstür aufgestoßen, und der Sparkommissar trat herein. Als er mir gegenüberstand, zog er seine pinkfarbene Beretta aus einer Manteltasche, schoss wie seinerzeit in der Kokolores damit zweimal in die Luft – woraufhin eine Ladung Putz von der Decke bröselte – und rief: »Ich bin der Sparkommissar! Sie sind verhaftet!«

Doch ich hatte schon den Regler des Flixbergers auf die niedrigste Stufe gestellt, und nach einem kräftigen Furzgeräusch saß ich wieder zuhause an meinem Küchentisch.

Zwölf

»Hast du mir etwas mitgebracht«, empfing mich eine Stimme.

Ich schaute mich um, sah aber niemanden.

»Hier unten!«

Ach ja, Franz, fiel mir ein. An den hatte ich schon gar nicht mehr gedacht. Der graubraune Stein hatte angeblich nach einer Supernova eine lange Reise durchs Weltall hinter sich gebracht, bevor er mich vor kurzem in meiner Wohnung überraschte, nun unter meinem Küchentisch lag. Ich fragte mich, wie Franz wohl vom Sessel im Wohnzimmer – wo ich ihn zuletzt gesehen hatte – in die Küche gelangt war.

»Ich komme gerade aus Griechenland zurück«, meinte ich. »Was hätte ich dir denn von dort mitbringen sollen?«

»Vielleicht ein schönes Bröckchen einer dorischen Säule oder eines Hetakompedon …«

»Heta-was?«, wollte ich wissen, aber Franz ließ sich nicht unterbrechen.

»… dann könnte ich mich mal mit jemandem austauschen. So ein tausende Jahre altes Bröckchen hat doch bestimmt viel erlebt und einiges zu erzählen. Und ich könnte von der Sternenexplosion im Zündkerzennebel berichten. Da würde das Bröckchen aber Augen machen!«

»Aber ich kann doch nicht irgendwelche Steinbrocken einsammeln, in der Hoffnung, dass die sich mit dir unterhalten werden«, entgegnete ich und gab zu Bedenken: »Vielleicht haben die ja auch gar nichts zu erzählen … oder du verstehst deren Sprache nicht.«

»Das mit der Sprache lass mal meine Sorge sein«, meckerte Franz.

Ich wollte mich nicht mit einem Stein streiten und war erleichtert, dass mich von hinten jemand anderes ansprach.

»Hören Sie mich?« Es war *Schoko-Wauzi*, mein unsichtbarer Begleiter, der sich bereits eine ganze Weile nicht mehr bei mir gemeldet hatte.

»Laut und deutlich«, antwortete ich. »Wir haben uns ja schon länger nicht mehr gesehen, wobei ...«, überlegte ich. »... ich Sie ja ohnehin nicht.«

»Mit wem sprichst du denn da?«, wollte Franz wissen.

»Mit Schoko-Wauzi, meinem unsichtbaren Begleiter.«

Franz wunderte sich: »Ein unsichtbarer Begleiter?!«

»Ein sprechender Stein?!«, fragte Schoko-Wauzi erstaunt.

»Tja, was es nicht alles gibt«, meinte ich zu den beiden.

»Da hätte ich direkt ein paar Fragen«, sagte Schoko-Wauzi.

»Ich auch«, entgegnete Franz. »Beispielsweise: Wie wird man unsichtbar?«

»Das ist gar nicht so einfach. Aber zuerst zu dir.« Damit meinte Schoko-Wauzi wieder mich. »Du machst jetzt bitte einmal die Augen zu.«

»Wozu?«, wollte ich wissen.

»Das wirst du gleich sehen. Also los!«, forderte mich Schoko-Wauzi auf.

Mit einer gewissen Unlust schloss ich meine Augen.

»Deine Tasche?«

Ich klemmte meine Umhängetasche unter den Arm. »Hab ich«, bestätigte ich und fragte mich, was nun passieren würde.

»Dann los ...«, gab Schoko-Wauzi das Kommando.

Ich spürte nichts außer einen warmen Wind im Gesicht. Überhaupt war es plötzlich ziemlich warm. Auf meinem Rücken fühlte ich, dass die Sonne schien.

»Du kannst die Augen wieder öffnen«, hörte ich Penelope Wong sagen.

Ich saß nicht mehr an meinem Küchentisch, sondern auf einem Hocker an einer aus Strandgut gezimmerten, idyllischen Bar, irgendwo in der Südsee. Ein Dach aus Segeltuch flatterte leicht im Wind, irgendwoher kam entspannende Musik, die nicht störte. Ein paar verbogene Palmen wiegten sich im Wind und warfen ihre Schatten über den Strand. Ich hatte einen unschlagbaren Blick auf das offene Meer, auf glasklares Wasser und Sand, schneeweiß wie Talkumpulver.

Als ich mich weiter umsah, erkannte ich, dass dies die Bar sein musste, an der das Foto mit meinem Großvater, Eddie Luckner, Penelope Wong, Hippolith Mombusa und Kapitän Brimborium entstanden war.

Hinter dem Tresen tänzelte eine dunkelhäutige Frau in einem limettengrünen Wickelkleid umher, die sich ihre dunklen Locken zu einem Puschel auf dem Kopf hochgebunden hatte. Während sie Gläser und Flaschen umräumte, summte sie ein verträumtes Lied, bis sie mich sah, und gutgelaunt begann, mir ein gewaltiges Mixgetränk zuzubereiten.

»Jeder von uns hat einen unsichtbaren Begleiter«, rief sie mir zu, als sie sich bückte und zur Hälfte in einem großen Kühlschrank verschwunden war.

»Wirklich?«, staunte ich.

»Aber ja«, antwortete sie. »Man muss ihn nur erkennen.«

»Schön hier, nicht wahr?« Auf dem Hocker neben mir saß Wong, schob ihre Cat-Eye-Sonnenbrille mit dickem Rahmen über ihre Stirn auf den Kopf. Wong trug ein mintfarbenes, geschnürtes Leder-Bustier und dazu passende Shorts.

Unbemerkt hatten sich zwei Cocktails vor uns auf dem Tresen eingefunden. Wongs *Mega-Dombrowski* – oben violett, unten kirschrot – war mit Obst-Fragmenten und einem kleinen Cocktailschirmchen in Form einer Hibiskusblüte geschmückt.

Das Schirmchen in meinem schlichten *Kalkutta Kaventsmann* – irgendetwas schwerwiegendes mit Rum und Kokosnusscreme – war braun und sah aus wie ein zerfledderter Champignon.

»Wo sind wir hier?«, wollte ich wissen.

»Das hier ist Rotuma, eine kleine Vulkaninsel im südlichen Pazifik. Ich stamme von Palau, einem Inselstaat westlich der Philippinen, und meine Familie hat seit sehr langer Zeit geschäftliche Beziehungen zu dieser und vielen anderen pazifischen Inseln gehegt. Daher kenne ich Rotuma.« Das leuchtorangene Schirmchen zitterte, als Wong mit dem Strohhalm einen Schluck ihres Cocktails schlürfte. »Hier haben wir uns manchmal mit deinem Großvater getroffen. Wir waren ja auf der ganzen Welt unterwegs, und dies war für uns immer einer der Orte, an denen wir für uns waren, ungestört und unbeobachtet.«

»Ich habe das hier schon einmal gesehen. Ich habe nämlich ein Foto bei meinem Großvater gefunden«, erzählte ich. »Also einen Teil davon, den anderen Teil habe ich dann von Luckner bekommen.«

»Ja, richtig«, freute sich Wong. »Das Foto wurde bei unserem letzten Treffen gemacht.« Dann schaute sie mit verkniffenem Blick aufs Meer hinaus. »Nach diesem Treffen habe ich deinen Großvater nicht wieder gesehen.«

Eben noch mit Aufräumarbeiten beschäftigt, tänzelte die dunkelhäutige Frau nun barfüßig an uns vorbei, lächelte mich an und stellte uns einen gefüllten, gläsernen Salzstangenhalter mit Messingständer und umwickelten Griff auf den Tresen. Dabei kitzelte ihr Puschel meine Wange. Sie duftete nach Kokosnuss.

»Guten Morgen zusammen!«, gröhlte jemand von der Seite herüber. Ein Mann mit wilden, nassen Haaren in einem Schlingenfrottier-Bademantel, der so erbarmungslos gemustert war wie die Pullover von Herrn Köttelfühler, näherte sich der Strandbar.

»Alles senkrecht?«, fragte er und drückte mir im Vorübergehen ohne weitere Worte ein kleines Päckchen in die Hand. Er richtete kurz den Gürtel seines Bademantels und stapfte weiter mit großen Schritten durch den Sand. »Lasst uns Bananen hobeln!«, schrie er mit zum Himmel gestreckten Armen.

»Wer war das?« Ich schaute Wong fragend an.

Wong hob beschwichtigend die Hände. »Frag mich nicht.«

»Und was ist das?« Nach dem Auspacken des Päckchens hielt ich eine dicke metallfarbene, unbedruckte Tube mit weißem Deckel in der Hand. Ich beschloss, sie mir später noch genauer ansehen, und packte das Ding erst einmal in meine Umhängetasche. »Du warst ja ziemlich plötzlich bei mir verschwunden. Hast du denn irgendetwas herausgefunden?«, wollte ich von Wong wissen.

Die Eiswürfel in Wongs Glas klirrten, als sie die Reste ihres Cocktails mit dem Strohhalm aufmischte. »Tut mir leid«, meinte sie. »Ich dachte, ich hätte mich an etwas erinnert, aber ...«

In diesem Moment gab mein Telefon ein cremiges Klingeln von sich.

»Augen zu!«, legte der Gernot gleich los, als ich ranging.

Ganz woanders zu einer ganz anderen Zeit:

Rempel der Rötliche hatte schlechte Laune. Er wartete bereits seit Stunden auf eine Nachricht seines obersten Quaeros' Galbrad.

Die Quaeri waren Wissende und Denkende, deren Aufgabe es war, den Leuten in Rempels Wäldern, aber vor allem Rempel die Welt zu erklären. Rempel selbst war der Regis, der Lenker der Wälder. Und lenken konnte er nur, wenn er wusste, wohin die Wege der Welt ihn führten.

Seit dem frühen Morgen hielt sich Rempel in der Höhlung im hintersten Winkel einer Schrebergarten-Siedlung auf, lief unruhig um den Tisch aus gehauenem Stein herum, auf dem immer noch die handtellergroße, kreisrunde Scheibe aus schwarzem Turmalin ein paar Zentimeter über dem Tisch schwebte und mit einem sanften Brummen rotierte.

Immer wieder blickte Rempel nervös zu der Scheibe, in der Hoffnung, dass Galbrad mittlerweile herausgefunden hatte, wo eigentlich der Rest von Ihnen geblieben war. Von zwei Tagen waren nämlich von jetzt auf gleich einige von Rempels Leuten verschwunden. Einfach weg, als hätte es sie vorher nie gegeben. Und so war eine Gruppe um Galbrad losgeschickt worden, eine Erklärung für das Verschwinden der Leute zu finden.

Plötzlich gab die Turmalin-Scheibe ein pulsierendes Quäken von sich. Rempel eilte an den Tisch und stupste die Scheibe an, worauf das Quäken erstarb. »Galbrad. Endlich. Sprich.«

»Wir haben etwas entdeckt«, meldete sich der Quaeros, etwas dumpf, als würde er durch eine Pappröhre zu Rempel sprechen. »Ich könnte es dir beschreiben, aber besser wäre, wenn du es dir selbst ansiehst.«

Galbrad gab Rempel eine Wegbeschreibung. Dann griff sich der Regis die noch rotierende Scheibe, ließ sie in seiner Jackentasche verschwinden und machte sich auf den Weg.

Die Beschreibung brachte Rempel in eine Gegend, zu der ihn vorher noch kein Weg geführt hatte. Um das vollflächig von Pfeifengräsern bewachsene Areal zu betreten, musste er zwei riesige Scharlachtannen passieren, die sich dem Himmel entgegenstreckten, als versuchten sie, sich vom Boden loszureißen.

Die Morgensonne wärmte Rempels Rücken. Im Gras lag eine Karaffe aus Kristallglas, die nervös blinzelte.

Die Scheibe in Rempels Tasche begann, leicht zu vibrieren – das Signal, dass er am richtigen Orts ein musste. Rempel schaute sich um, versuchte, über die Pfeifengräser hinweg etwas zu entdecken.

»Regis! Hierher!«, rief jemand.

Etwas abseits stand Galbrad und winkte dem Regis zu. Der Quaeros hatte sich mit seinen Leuten vor einem großen rechteckigen Etwas auf einem Plateau aus von Gras durchbrochenen Steinen versammelt.

Als Rempel sich der Gruppe näherte, konnte er erkennen, dass das große Etwas eine Tür aus grauem Metall war, die ohne Rahmen einfach so in der Gegend herumstand.

»Was habt ihr hier?«, wollte Rempel wissen.

»Offensichtlich eine Tür«, antwortete Galbrad.

»Das sehe ich. Hat jemand machgesehen, was auf der anderen Seite ist?«

Galbrad schaute, als hätte er die Frage nicht verstanden. »Nichts«, wollte er gerade antworten, da kam der Regis ihm zuvor.

»Habt ihr sie geöffnet, wollte ich wissen«, schnaufte Rempel.

Galbrad schüttelte den Kopf.

Rempel ging um die Tür herum. An der vorderen Seite war ein Schild angeschraubt, hellblau mit weißer Schrift, auf dem stand: ›Bitte nur nach Aufforderung eintreten.‹ Auf der anderen Seite klebte ein fetter roter Knopf, der mit ›Not-Aus‹ beschriftet war.

»Galbrad«, sagte Rempel. »Eure Aufgabe ist es, die Welt zu erklären.«

Der Quaeros nickte.

»Und?«, fuhr Rempel fort. »Habt ihr eine Erklärung hierfür?«

Wieder schüttelte Galbrad den Kopf. »Gerne würde ich dir erklären, was das für eine Tür ist. Aber ich weiß es nicht.«

Der Regis drehte sich um und ruckelte seinen Mantel zurecht. »Dann werde ich sehen, wohin dieser Weg führt.«

Er öffnete die Tür, ging hindurch und stand nun auf der anderen Seite. Er schaute sich kurz um. »Nun gut«, rief er den Leuten hinter sich zu, während er sich umdrehte. »Offensichtlich ist dies ...« Rempel stutzte.

Durch die geöffnete Tür hindurch konnte er nämlich Galbrad und seine Leute auf dem Plateau sehen – an der Tür vorbei allerdings niemanden. Als würde lediglich ein Bild von den Anderen vor dem Regis stehen. Rempel neigte seinen Kopf hin und her, um vielleicht doch noch etwas zu entdecken.

»Regis, was hast du?«, rief Galbrad, dem die Kopfbewegungen des Regis komisch vorkamen.

Dann fiel plötzlich die Tür krachend zu. Rempel stürzte vor, um sie wieder zu öffnen, doch das ging nicht. Er lief um die Tür herum auf die Seite – wo keine Leute mehr waren –, an der das Schild angebracht war, und versuchte es dort. Aber es gelang *ihm nicht. Die Turmalin-Scheibe in Rempels Tasche regte sich nicht. Da fiel ihm der rote Knopf auf der Rückseite der Tür ein.*

»Ich bin der Lenker«, flüsterte Rempel, als er vor dem Knopf stand und ihn anstarrte. »Ich weiß zwar nicht, wohin es geht, aber es ist niemand hier, also treffe ich eine Entscheidung.« Er zögerte kurz, dann drückte er das fette rote Ding.

Plötzlich war alles um den Regis herum weg. Keine Morgensonne und kein Himmel. Kein Plateau und kein Pfeifengras mehr. Auch keine Tür. Alles um Rempel herum war weiß. Keine Formen, keine Konturen, keine Schatten. Einfach ein weißes Nichts.

Rempel traute sich zunächst nicht, sich zu bewegen. Vorsichtig streckte er einen Arm nach vorne und berührte ... nichts. Er streckte beide Arme zur Seite, nach oben, drehte sich um ... überall nichts. Anscheinend gab es nur den Boden unter seinen Füßen.

Dreizehn

Als ich die Augen öffnete, saß ich wieder an meinem Küchentisch. Ich bedauerte, nicht an meinem Kalkutta Kaventsmann genippt zu haben.

»Du hast einen Termin im Stadtpark«, ergänzte der Gernot.

»Ach so? Davon wusste ich noch gar nichts«, entgegnete ich.

»Aber nun weißt du es und musst auch gleich los.«

Franz und Schoko-Wauzi plapperten noch etwas vor sich hin. Aber ich machte mich auf den Weg zum Stadtpark. Ich bin gespannt, wie sich das entwickelt, dachte ich.

Auf einer Anhöhe im Stadtpark gab es einen Aussichtsturm, ein zweistöckiger Pavillon mit Säulenumgang. Dort setzte ich mich auf eine kalte, steinerne Bank. Der Tau, der sich am frühen Morgen auf der Sitzfläche abgesetzt hatte, drang durch meine Hose. Auf eine der Säulen hatte jemand mit einem dicken Filzstift geschrieben: ›Ben e ist dum‹.

»Ich grüße Sie.«

Unvermittelt stand ein blasser, kränklich aussehender Mann neben mir, dessen Alter ich nicht einschätzen konnte

Er trug einen schwarzen Homburger Hut mit einer kleinen Feder an der Schärpe, und einen schwarzen Gehrock. Ich hoffte, dass sein Gemüt nicht ebenso dunkel war wie seine Erscheinung.

Während er fragte »Darf ich Platz nehmen?«, wischte er mit einem Stofftaschentuch die Bank trocken und setzte sich danach neben mich.

Gemeinsam blickten wir die Anhöhe hinab auf eine schauderhaft grüne Wiese, auf der gerade ein scheinbar herrenloses Hündchen sein Geschäft verrichtete.

»Darf ich mich Ihnen vorstellen ...«, sagte der Unbekannte. »Ich bin der Consul ... mit C wie Citronella ... darauf lege ich übrigens ausgesprochen großen Wert.«

»Guten Tag«, begrüßte ich ihn.

Zu dem kackenden Hund gesellte sich ein dicklicher Herr, der sich über den Vierbeiner beugte und sofort damit begann, auf ihn einzureden. Weder das Hündchen noch ich konnten verstehen, was der Herr redete – wobei es in meinem Fall an der Entfernung zu den beiden lag.

»Ich suche Sie auf als Vertreter der Gilde der Ewigen Zeit«, sagte der Consul. »Und offiziell hat dieses Treffen selbstverständlich nie stattgefunden.«

»Natürlich«, stimmte ich zu.

Das dickliche Herrchen klemmte sich seinen Vierbeiner wie eine Aktentasche unter den Arm und stolzierte davon.

»Uns ist zu Ohren gekommen, dass man uns mit dem Verschwinden einer gewissen Person in Verbindung bringt«, fuhr der Consul fort. »Das entspricht allerdings nicht den Tatsachen.«

Na sowas, dachte ich.

»Diese Person ist ein ehrenhaftes Mitglied unserer Gilde. Und wir wären selbst äußerst beruhigt, wenn wir in Erfahrung bringen würden, wann wir mit einer Rückkehr dieser Person rechnen können.« Der Consul legte seine Hände auf den Elfenbeinknauf seines Spazierstocks, den er aufrecht zwischen seine Knie geklemmt hatte. »Sie müssen wissen, in der Regel sind wir über die Aktivitäten unserer Mitglieder vollends im Bilde. Aber zu unserem Bedauern können wir gänzlich keine Informationen darüber unser Eigen nennen, wo die besagte Person gerade weilt.«

Natürlich war ich etwas enttäuscht, auch wenn ich schon mit diesem Treffen nie gerechnet hätte. Also fragte ich: »Wenn Sie schon nichts über das Verschwinden meines Großvaters wissen, können Sie mir denn wenigstens etwas zu den Büchern sagen?«

»Zu den Büchern?« Der Consul lachte. »Natürlich ist uns auch zugetragen worden, dass es Bestrebungen gibt, ein ominöses Druckwerk an sich zu bringen. Was auch immer dies für ein Buch sein soll, ich empfehle Ihnen, das ganze Thema Bücher ...« Das letzte Wort klang etwas abfällig. »... zu vergessen.«

Ich war überrascht. Der Consul fuhr fort: »Aus nachvollziehbaren Gründen existieren keine Aufzeichnungen über unser Wirken.« Der Consul beugte sich zu mir herüber. »Ich kann Ihnen mit an Sicherheit grenzender Wahrscheinlichkeit zusagen, dass Sie in Kürze mehr erfahren werden. Meine bescheidene Aufgabe war es lediglich, sicherzustellen, dass Sie zur richtigen Zeit am richtigen Ort – nämlich genau jetzt genau hier – sein würden.« Der Consul erhob sich und schlenderte um die Säulen des Pavillons herum. Sein Spazierstock aber blieb aufrecht an der Stelle stehen, wo ihn eben noch des Consuls Knie festgehalten hatten.

Der Consul war nun anscheinend auf der anderen Seite des Pavillons angekommen, denn ich sah ihn nicht mehr, hörte ihn aber noch: »Haben Sie einen kleinen Moment Geduld.«

Ich erhob mich von der steinernen Bank und folgte dem Consul um den Pavillon herum, um von ihm zu erfahren, was genau er damit meinte. Aber er war nicht mehr da. So unvermittelt wie der Consul neben mir erschienen war, so schnell war er wieder verschwunden. Sein Spazierstock übrigens auch.

Ich dachte nach. Das Treffen mit dem Consul hatte mir nicht viel gebracht. Allenfalls die Erkenntnis, dass es nicht unbedingt ein Buch der Gilde sein musste, auf das es diverse Personen abgesehen hatten. Vor allen Dingen wusste ich immer noch nicht, was mit meinem Großvater passiert war. Wenn nicht die Gilde für sein Verschwinden verantwortlich war, wer oder was dann?

»Suchst du deinen Opa?« Plötzlich bemerkte ich eine kleine, ältere Dame in blumiger Kittelschürze, die neben mir stand und mich mit großen Augen erwartungsvoll ansah.

Ich war überrascht. »Ja«, antwortete ich. »Woher wissen Sie das?«

»Der riesige Mann auf dem Spielplatz hat mir das erzählt«, berichtete die Dame.

Ich sah die andere Seite der Anhöhe hinunter auf den großen Spielplatz, von dem Rufe und das Lachen von Kindern zu uns herüber schallten. »Was war das für ein Mann ... ich meine: wie sah er aus?«, wollte ich wissen.

»Er war bestimmt zehnmal so groß wie ich. Und er hatte einen dicken Mantel und einen großen Bart.« Die Dame überlegte. »Hihi«, kicherte sie. »Er sah ein wenig aus wie ein alter Bär.«

»Was wollte er denn von Ihnen«, hakte ich nach.

»Er sagte, dass du traurig bist, weil dein Opa weg ist, und dass du mal die lustige Rutsche ausprobieren sollst ...«

Die Dame wies mit ausgestrecktem Arm auf den Spielplatz. »... damit du nicht mehr so traurig bist.«

»Okay, dann komm ich mit Ihnen zum Spielplatz.«

Dort angekommen, wurde die Dame jubelnd von den anderen Kindern in Empfang genommen. »Tschüß!«, rief sie mir zu, während sie mit ihren Freunden auf ein paar Reifenschaukeln zusteuerte.

»Danke!«, rief ich zurück.

Das letzte Mal bin ich als Kind gerutscht, das war schon ewig her. Aber warum nicht, dachte ich.

Vor mir stand ein hoher, hölzerner Spiel- und Kletterturm, von dem eine etwa 15 Meter lange glänzende Edelstahl-Röhrenrutsche hinab führte. Kurz vor ihrem Ende im weichen Spielplatz-Sand beschrieb sie eine weite Linkskurve.

Während ich den Turm hinaufkletterte fragte ich mich, was wohl die anderen Kinder oder womöglich deren etwaig anwesende Eltern von mir dachten. Oben angekommen, blickte ich in die Rutsche hinein. Wegen der Kurve konnte ich das Ende nicht ausmachen, sondern sah nur ein dunkles Nichts.

Wie es sich gehörte, rief ich ein langgezogenes »Haaallooo!« in die Röhre. Es klang etwas metallisch und dumpf, und wurde von der Dunkelheit verschluckt.

Dann setzte ich mich in die Öffnung der Röhre, platzierte meine Umhängetasche auf meinem Schoß und stieß mich mit beiden Händen ab. Ziemlich flott rutschte ich die Röhre hinunter.

Nachdem ich ein paar Kurven und mehrere Geraden passiert hatte, wunderte ich mich, dass die Röhre wohl kein Ende zu haben schien. Da erschrak mich mein Telefon mit einem stürmischen Klingeln, das kräftig von den metallenen Wänden widerhallte.

»Hier ist der Gernot.«

Weil es in der Röhre sehr laut war, bellte ich zurück: »Das hab' ich mir schon fast gedacht!«

»Lady Plasma erwartet Dich.«

»Ah ...«, konnte ich gerade noch erwidern. Da kam ich mit Karacho aus der Metallröhre geschossen, schlitterte über den Boden und bemerkte dabei, wie kühl es plötzlich geworden war. Ich rappelte mich auf, klopfte knusprigen Schnee von meinen Klamotten. Dann sah ich, wo ich gelandet war.

Vierzehn

Ich stand an der verschneiten Steilküste südlich des Bell-sunds auf der Westseite der Insel Spitzbergen und schaute hinunter auf unzählige Treibeis-Schollen, die aus den Fjorden aufs offene Meer hinaustrieben. Ein eisiger Wind wehte mir um Nase und Ohren, so dass ich mir meine Strickmütze tief ins Gesicht zog.

Hier also landete im 15. Jahrhundert versehentlich der englische Kreuzritter Godfrey Longespée, als er mit einer Nef und einer 24-köpfigen Besatzung auf dem Weg nach Konstantinopel war. Warum Longespée sich mit seinen Mannen in den hohen Norden verirrte, wurde nie geklärt.

Innerhalb von ein paar Jahren jedenfalls stampfte der irregeleitete Ritter-Trupp eine kleine Burg aus dem Boden, die sehr viel später von Spitzbergens Einwohnern *Øgleburg* (Echsenburg) genannt wurde – weil die beiden Fjorde des Bell-sunds aus der Luft betrachtet aussahen, wie das offene Maul eines Krokodils.

Ein plötzlicher, heftiger Schlag auf meine Schulter hätte mich fast zu Boden geworfen. Ich drehte mich um. Ein hünenhafter Kerl stand vor mir – mehrere Köpfe größer als ich, mit Fellmütze und knöchellangem Pelzmantel bekleidet – und versperrte mir die Sicht. Sollte das der besagte Bär vom Spielplatz sein?

Mein erschrockenes Gesicht spiegelte sich in seiner groß-formatigen Skibrille. Hätte sich sein buschiger Vollbart nicht farblich von seiner Kleidung abgesetzt, hätte man die riesige

Figur tatsächlich für ein sehr großes, aufrecht stehendes Tier halten können.

»Wasch schtehen Schie hier drauschen in der Kälte herum? Laschen Schie unsch doch reingehen.« Aus dem nicht vorhandenen Schatten des Kerls trat Lady Plasma hervor. Sie trug einen rosa Skianzug, eine rosa Strickmütze und genau wie der Pelzriese eine in regenbogenfarben verspiegelte Skibrille. »Ich hatte Ihnen ja geschagt, dasch wir unsch wiederschehen werden. Dasch ischt übrigens Einar«, stellte sie mir ihren Begleiter vor. »Er pascht hier drauschen ein wenig auf mich auf. Falsch Einar Schie erschreckt haben schollte, tut esch mir leid.« Erst jetzt nahm Einar seine massige Pranke von meiner Schulter und trat wortlos zur Seite.

»Nein, alles in Ordnung«, vermeldete ich kleinlaut.

»Dann kommen Schie.« Lady Plasma drehte sich um und ging. Einar und ich folgten ihr.

Nach einigen Metern durch frostiges Geröll stiegen wir über einen aus schweren Holzbohlen angelegten Weg eine Anhöhe hinauf. Über uns kreisten zwei gehässig lachende Möwen. Auf einem erhöhten Felsen saß eine kuschelige Schneeeule, die uns mit starrem Blick fixierte, bevor sie ihren Kopf um 180° wegdrehte. Wahrscheinlich hielt sie nach Lemmingen Ausschau.

Nachdem wir einige, mehrere Meter hohe, schroffe Felsen passiert hatten, bedauerte ich, dass nicht auch ich eine Skibrille trug. Denn es blendete mich das helle Licht eines blau schimmernden Gletschers. Es überstrahlte den sich davor aufbäumenden dunklen Koloss, den ich erst richtig sehen konnte, als ich meine Augen zukniff und meine Hand schützend vors

Gesicht hielt. Ich erkannte eine rechteckige Felsenburg, die lediglich aus einem Palas und einem Bergfried bestand, und deren untere Bereiche anscheinend aus dem vorhandenen Gestein herausgeschlagen waren. Im oberen Bereich hatte das Bauwerk ein paar sehr kleine Fenster. Die ganze Burg war einfach gebaut – es gab weder Zinnen, noch Wehraufbauten oder -mauern.

»Øgleburg«, dachte ich laut.

Einar grunzte. Sein buschiger Bart wehte vehement im Wind, wie die zerfetzte Totenkopf-Flagge eines Piratenschiffs.

Schauriger Bodennebel kroch über die moosbewachsenen Felsen, als mich Lady Plasma und ihr Begleiter um den Bergfried herum auf die Rückseite der Burg führten.

Als ich das beeindruckende Bauwerk im Vorübergehen betrachtete, fragte ich mich, wie bloß jemand auf die Idee kommen konnte, sich in dieser trostlosen Gegend weitab jeder Zivilisation niederzulassen, um hier zu leben.

Einar und Lady Plasma stoppten. In die Burgmauer war eine rechteckige Metalltür eingelassen, von der an verschiedenen Stellen der anthrazitgraue Lack abblätterte und rostige Stellen freilegte. Vor der Mauer war ein Kaugummi-Automat angebracht, wie ich ihn aus meiner Kindheit kannte. Ein münzbetriebener roter Metallkasten mit weißer Front, auf dessen Sichtfenster eine lachende Zitrone und eine Banane auf Rollschuhen abgebildet waren.

Einar zückte aus den Tiefen seines Pelzmantels eine Münze und steckte sie in den Münzschlitz des Automaten. Dann drehte er den kleinen Hebel.

Die sehr stabil aussehende Metalltür öffnete sich knarzend,

als Lady Plasma ihr einen kurzen, kräftigen Schub versetzte.

Einar deutete mir, Lady Plasma ins Innere zu folgen. Ich passte gerade noch aufrecht gehend durch die Öffnung hindurch. Plasmas Begleiter aber musste seinen Kopf erheblich einziehen, um nicht mit ihm irgendwo anzustoßen.

Wir standen in einem knapp drei Meter hohen und zwei Meter breiten Raum mit gewölbter Decke. Wände und Decke bestanden aus grob gehauenem Stein, als hätte man den Raum in den blanken Felsen getrieben. Am Boden hatte sich ein Rinnsal aus Wasser gebildet. An der linken Wand waren ein paar vereinzelte, gemächlich vor sich hin leuchtende Glühlampen angebracht, die durch locker aufgehängte Kabel miteinander verbunden waren. Sie warfen flackernd quallengleiche, wabernde Formen an die Wände.

Schon wenige Meter vor uns endete der Raum an einer hinabführenden Treppe mit Stufen aus Metallrosten. Ich folgte Lady Plasma entlang weiterer Kabelstränge und schummriger Lampen durch den Tunnel nach unten. Ein Metallgeländer, eiskalt und feucht, bot etwas halt. Die ganze Konstruktion quietschte und klapperte leicht, als wir hinabstiegen. Ein tiefes Brummen war zu hören und wurde lauter je tiefer wir kamen. Irgendwo lief wohl ein Generator, der Strom erzeugte.

Als wir am Ende der Treppe ankamen, standen wir in einem Saal, in dem jeweils links und rechts eine Reihe Kühlschrankgroßer, blaugrauer Computer aufgestellt war. Auf Hochglanz polierte Geräte, gespickt mit verschiedenen Schaltern, Reglern und diversen kleinen Glühbirnen, die in unterschiedlichen Rhythmen blinkten. Die Geräte piepsten und schnatterten sinnlos vor sich hin.

Das Ganze sah aus wie das Set einer alten Folge des *Time Tunnel*, kurz bevor die Protagonisten in einer riesigen Spirale durch Raum und Zeit geschleudert wurden.

Die Wände des Raums hatte man in den 70er Jahren mit einer brutal gemusterten, braun-orangen Tapete beklebt. Auf der gegenüberliegenden Wand am Ende des Saals war ein riesengroßer Bildschirm angebracht, der eine Weltkarte zeigte, auf der an etlichen Orten grüne und rote Lämpchen blinkten.

Ich meinte, auf der Karte spontan ein paar Lämpchen auszumachen, die an Stellen blinkten, die ich schon auf dem Grumpelmann entdeckt hatte. Aber das behielt ich vorerst für mich.

»Nicht gansch auf dem neueschten Schtand«, gab Lady Plasma zu. »Aber funktschioniert.«

Plasma hatte ihre Skibrille abgenommen, und da es dort unten wieder wärmer war als in dem Tunnel, öffnete sie den Reißverschluss ihres Skianzugs. So erhaschte ich einen Blick auf ein kurzes, weißes Broderie Top und trainierte Bauchmuskeln, die mir bei unserer Begegnung im Museum gar nicht aufgefallen waren.

Einar hatte sich samt Pelzmantel in einen Bürostuhl mit hellgrünem Cordbezug gezwängt und studierte die mehrseitige Bestellkarte des Lieferdienstes *Dönerwetter*.

»Haben Schie schon einmal von Boran gehört?«, fragte mich Plasma.

Ich überlegte. »Nein, wer ist das?«

»Nicht wer, schondern wasch.« Plasma lächelte amüsiert. »Dann musch ich Ihnen erscht einmal etwasch tscheigen.«

Sie schob einen rollbaren OP-Beistelltisch heran, auf dem ein etwa Schuhkarton-großer, rostbrauner Würfel lag, und meinte: »Nehmen Schie ihn doch einmal.«

Das etwas schäbig, wie Strandgut aussehende Objekt war aus Metall und ziemlich schwer.

»Und nun laschen Schie ihn einfach fallen«, forderte Plasma mich auf.

Okay, dachte ich und ließ den Würfel los – nachdem ich meine Beine etwas gespreizt hatte, damit ich nicht Gefahr lief, dass mir das Ding die Füße zerquetschte.

Aber völlig unerwartet glitt der Würfel nun ganz langsam zu Boden, prallte dort mit einem leichten Flummi-Geräusch ab und stieg ebenso langsam wieder nach oben. Ich bekam den Würfel wieder zu fassen und hievte ihn auf den Tisch.

Plasma grinste mich an. »Boran ischt eine mehrere hundert Jahre alte Schubschtansch mit magischen Fähigkeiten. Schie stammt aus Schüdamerika, genauer geschagt ausch einem kleinen Dorf namensch Vegerancia, auch Das Dorf der tschwei Monde genannt. Boran hat die Fähigkeit, physchikalische Eigenschaften tschu manipulieren. Genau dasch ischt mit dem Würfel paschiert«, erklärte Lady Plasma, während sie den Tisch wieder zur Seite rollte. »Vermutlich schind die Kreutschritter, die dieche Burg errichtet hatten, abschichtlich hier gelandet. Esch hatte etwasch mit dem Boran zu tun. Mittlerweile musch Boran auf der gantschen Welt tschu finden schein.« Plasma wies mit ihrer Skibrille auf den Bildschirm mit der Weltkarte: »Denn in der jüngeren Vergangenheit häufen schich Meldungen über merkwürdige Phänomene.«

Mehr als ein erstauntes »Hm« konnte ich dazu nicht zum Besten geben.

Plasma fuhr fort: »Schie schtecken schon schoweit in der Schache drin, dasch ich Ihnen etwasch verraten darf: Ihr

Groschvater hat einige der Phänomene, die auf der Karte markiert schind, unterschucht.«

»Wissen Sie, warum er verschwunden ist ... oder wohin? Hat das womöglich etwas mit diesen ...«, ich zeigte auf die große Weltkarte. „... Phänomenen zu tun?«

»Datschu kann ich Ihnen leider gar nichtsch schagen«, bedauerte Plasma. »Aber Schie kennen vermutlich auch Wong, Mombuscha und Luckner, die mit ihm tschuschammen gearbeitet haben?«

»Natürlich ... und wissen Sie etwas über die Bücher?«, wollte ich noch wissen.

Plasma lachte: »Ach ja, die Bücher. Diesche tolle Geschichte: Die Gilde der Ewigen Tscheit hat esch schich zur Aufgabe gemacht, dafür tschu schorgen, dasch dasch, wasch laut den Büchern paschieren scholl, auch wirklich paschiert.«

Ich nickte.

»Schollte man schich da nicht fragen, wer eigentlich beschtimmt, wasch paschieren scholl. Wer entscheidet, wasch in den Büchern schteht? Oder vielmehr: Wer schreibt diesche Bücher?«

In Gedanken musste ich zugeben, dass ich darüber noch gar nicht nachgedacht hatte.

Einar grunzte im Hintergrund. Vielleicht wegen des Themas der Unterhaltung, vielleicht, weil er nichts Leckeres in der Bestellkarte fand.

»Da gibt esch eine gantsch einfache Antwort: Dasch ischt allesch Quatsch!«, sagte Plasma. »Glauben Schie wirklich, dasch esch Bücher gibt, in denen heute schon schteht, wasch morgen paschieren wird?!« Plasma lachte und schüttelte den Kopf. »Mal angenommen, ein Schertschbold schreibt in einsch diescher Bücher: ›Alle Menschen verwandeln schich in Cocktail-Tomaten‹. Wasch wäre wohl dasch Reschultat?«

Irgendwie leuchtete mir das ein.

Plötzlich donnerte es draußen gewaltig. Zwar war nicht wirklich ein Donnern zu hören, aber unter der Erde war merklich ein Rumpeln zu vernehmen. Teile der Beleuchtung und des riesige Bildschirms flackerten.

Lady Plasma erschrak: »Heidewitschka!«

Einar sprang unverrichteter Dinge mit einem weiteren Grunzen aus seinem Bürostuhl auf und faltete rasch die Dönerwetter-Bestellkarte zusammen.

Ein erneutes Grummeln erschütterte den Saal. Die Beleuchtung flackerte noch heftiger. Auf der Weltkarte brannten die Lämpchen durch, eine nach der anderen – wie seinerzeit bei dem misslungenen Reihenschaltungs-Experiment meines Physiklehrers Herr Knüplkopp.

Und noch schlimmer: Lady Plasma bewegte sich nicht mehr, sondern flimmerte, als wäre sie nur eine Projektion oder eine schlechte Fernsehübertragung. Dasselbe passierte mit Einar, der sich angeschickt hatte, den Saal zu verlassen – und überhaupt mit der ganzen Szenerie – einhergehend mit einem enervierenden Knistern. Wie bei einer technischen Panne auf dem Holodeck der Enterprise.

Ein hochfrequenter Dauerton erfüllte den Raum. Mit einem letzten, abschließenden Brutzeln fiel das komplette Licht aus, und ich stand in absoluter Dunkelheit, in absoluter Stille.

»Lady Plasma? ... Einar? ...«, rief ich ins Dunkel. Aber keiner der beiden antwortete.

Nach einer kurzen Weile erschien irgendwo vor mir ein kleines Licht, das unruhig zitterte und langsam immer größer wurde, als käme es auf mich zu.

»Hallo!?«, rief jemand. Tatsächlich näherte sich da eine Person mit einer Taschenlampe. »Hallo, mein Herr!« Die Stimme kam mir bekannt vor.

»Ach was«, dachte ich laut. Es war das Wichtelmännchen, das nun vor mir stand und sein bärtiges, grinsendes Gesicht mit der Taschenlampe anstrahlte.

»Da sind Sie ja«, meinte es, machte einen Diener und lüpfte zur Begrüßung seine Mütze.

»Fangen Sie bloß nicht wieder von dem Buch an ...«, ermahnte ich mein Gegenüber. »... ich weiß nämlich ...«

»Sie wissen rein gar nichts!«, keifte mich das Wichtelmännchen an und richtete den Strahl der Taschenlampe nun direkt auf mein Gesicht. »Sie sind nicht das, was Sie zu sein scheinen«, meckerte es weiter. »Sie sind nicht wirklich, sondern nur ein Produkt Ihrer Sprache, ein Gebilde Ihrer Phantasie. Es gibt Sie nicht, hören Sie?! Es gibt Sie nicht wirklich. Beachten Sie das hier nicht! Es hat nicht stattgefunden.«

Irgendwo hatte ich das schon mal gelesen.

Das Wichtelmännchen blendete mich weiter mit der Taschenlampe, so dass ich die Augen zukneifen und mir die Hand vors Gesicht halten musste. Aber es malträtierte mich glücklicherweise nicht mehr mit seinem Gezeter. Es hüpfte auch nicht wild keifend umher, wie bei unserer ersten Begegnung. Es war von jetzt auf gleich ganz ruhig.

Nach einigen Sekunden nahm ich meine Hand herunter, um zu sehen, ob das Wichtelmännchen überhaupt noch da war. Aber es war tatsächlich weg.

Auch die Dunkelheit war weg. Stattdessen war es nun um mich herum sehr hell. Und nachdem sich meine Augen an die Helligkeit gewöhnt hatten, stellte ich fest, dass ich mich nicht mehr auf Spitzbergen befand.

Fünfzehn

Ich befand mich wieder in der Weißen Welt, die nicht an Imposanz eingebüßt hatte.

Aber diesmal traf mich das weiße Nichts, das mich umgab, nicht so brutal am Kopf, wie das erste Mal. Schnell hatte ich mich damit abgefunden, dass um mich herum lediglich eine helle Leer war, und ich einfach losgehen musste, in der Hoffnung, möglichst bald irgendwo anzukommen. Vielleicht würde ich ja wieder den gigantischen Spiegel erreichen, vor dem ich Hildelotte Hartgras getroffen hatte. Und dann könnte ich mit dem Fahrstuhl ...

Ein dezentes Klopfen unterbrach meinen Gedankengang. Ich lauschte. Aus dem Augenwinkel nahm ich war, wie sich im weißen Nichts eine kleine rechteckige Fläche – eine Tür – abzeichnete. Dann wurde diese Tür unvermittelt aufgestoßen, und heraus stolperte Bürgermeister Umprecht. Der konnte sich gerade noch am Türrahmen festhalten, um nicht auf den Boden zu stürzen. Als er mich sah, versuchte er, seine üppige Frisur, die einer Kumuluswolke ähnelte, etwas in Form zu bringen.

»Komme ich noch rechtzeitig?«, fragte er außer Atem, schaute sich kurz um und beantwortete seine Frage gleich selbst: »Ich denke, ja.«

»Gut, dass Sie hier sind ...«, meinte ich erleichtert.

»In der Tat«, schnaufte Umprecht. »Und wir sollten uns nicht allzu lange hier aufhalten, denn es wird gleich ungemütlich werden.«

»Aha, was ist denn los?!«

Da erschien Hippolith Mombusa mit einem Mettbrötchen in der Hand in der Tür. »Alles in Ordnung, Herr Bürgermeister?«

»Mombusa!«, freute ich mich. »Wie schön, dass Sie wieder auf den Beinen sind.«

Mombusas Pranke tätschelte zur Begrüßung meine Schulter. »Und Ihnen geht es anscheinend auch gut«, stellte er fest. »Wir sollten nun verschwinden.«

»Und zwar schnell«, ergänzte Umprecht und wies auf das weiße Nichts.

Ich drehte mich um.

Ein Stückchen vor mir beulte sich die weiße Fläche an mehreren Stellen aus, wuchs langsam zu einer mannshohen, mehrteiligen weißen Blase heran. Das Gebilde platzte mit einem lauten Knall und gab einen sichtlich erregten Sparkommissar im Trenchcoat frei.

Mit weißem Gefledder auf dem Kopf und den Schultern rief der sofort: »Ich bin der Sparkommissar, und Sie sind alle verhaftet!« Ohne Vorwarnung schoss er mit seiner pinkfarbenen Beretta zweimal in die Luft.

Das weiße Nichts war wohl doch nicht so unendlich wie es aussah. Denn man konnte hören, wie über uns die Kugeln aus der Waffe des Sparkommissars irgendwo einschlugen.

Mombusa war bereits durch die Tür verschwunden, Umprecht noch auf meiner Seite.

»Die *Licht-Tube*!«, rief der Bürgermeister mir zu.

Ich wusste sofort, was er meinte, und zückte das Ding aus meiner Umhängetasche.

Kaum war der Deckel abgedreht, quoll aus der Tube ein wellenförmiger Lichtstrahl, der ständig die Farbe wechselte und als Sinuskurve durch den Raum schoss. Das pfeifende Geräusch, dass die Welle dabei von sich gab, änderte immer dann für Bruchteile einer Sekunde die Tonhöhe, wenn sich die Tube auf und ab oder hin und her bewegte. Ich brauchte beide Hände, um das wildgewordene Ding zu bändigen.

Der korpulente Sparkommissar war nun damit beschäftigt, mit Hechtsprüngen und gekonnten Rollen ständig der unberechenbare Welle auszuweichen. Als er nach einer aktionsreichen Weile schließlich erschöpft, alle Viere von sich gestreckt, am Boden lag, dachte ich noch: der Arme. Ich drehte schnell die Tube zu, verstaute sie in meiner Umhängetasche und folgte Mombusa und dem Bürgermeister durch die Tür.

»Mache Sie die Tür zu«, forderte mich Umprecht auf, und ich schloss den Schrank, durch den ich gerade in sein Büro gestiegen war. »Wir haben nicht viel Zeit.«

»Oh ja, gleich geht's los«, freute sich Mombusa.

»Mich würde mal interessieren, was hier los ist.« Ich schaute abwechselnd Umprecht und Mombusa an.

»Wenn wir das wüssten, wären wir schon lange nicht mehr hier.« Von dem kleinen Balkon, von dem man einen herrlichen Blick auf den Rathausplatz und den Stadtbrunnen hatte, kam Dr. Tetraeder herein. »Eigentlich habe ich für solche Sperenzien gerade überhaupt keine Zeit, ich muss nämlich noch an einigen kniffeligen Experimenten feilen«, beschwerte sich der Wissenschaftler. Mit seinen Händen knetete er dabei einen pastellgrünen Fladen, als würde er Keksteig vorbereiten.

Im Schrank hinter mir polterte es. Wahrscheinlich versuchte der Sparkommissar, der sich mittlerweile erholt hatte, herauszukommen.

Vom Flur vor Umprechts Büro waren tumultartige Geräusche zu hören, unterbrochen von flüchtigen Melodien eines leicht verstimmten Klaviers.

Plötzlich wurde Umprechts Bürotür vom zinnoberroten Marzipanklavier durchschlagen, von dem Mombusa bereits in der Kokolores außer Gefecht gesetzt wurde und sich dabei ein paar Rippen gebrochen hatte. Ich konnte gerade noch zur Seite springen und aus den Augenwinkeln sehen, dass der Pianist und das Wichtelmännchen das Büro betraten. Das Klavier, selbstständig den Walkürenritt klimpernd, rauschte an mir vorbei und prallte auf Umprechts Schreibtisch. Die Gegensprechanlage, die sich gerade mit »Umprecht, Ihr seid ja voll der ...« meldete, wurde auf den Boden geschleudert, überschlug sich mehrfach und untermalte das nun folgende Spektakel laut und verzerrt mit dem Misfits-Klassiker *Hybrid Moments*.

Das Wichtelmännchen stürzte sich derweil auf Umprecht. Beim anschließenden Gerangel auf dem dunkelgrünen Teppichboden war im haarigen Wust nicht zu erkennen, was Umprechts wolkige Frisur war, und was der buschige Bart des Wichtelmännchens.

»Mombusa«, rief Dr. Tetraeder. »Probieren wir es aus!«
Mit dem Rest seines Mettbrötchens bewarf Mombusa den Pianisten. Letzterer war kurz abgelenkt, so dass Mombusa ihn an seinem Smoking packen und quer durch das Büro vor Tetraeders Füße schleudern konnte. Der Wissenschaftler klatschte dem Pianisten den pastellgrünen Fladen auf die Brust und trat schnell zurück.

Augenblicklich schoss aus dem Fladen eine grellweiße

Flamme kerzengerade Richtung Holzdecke in die Höhe und brachte eins der dort aufgehängten aufblasbaren Orlogschiffe zum Platzen. Der Pianist allerdings zerbarst und verflüchtigte sich als silbriger Glitterregen durch die offene Balkontür hinaus an die frische Luft. Von einer vorbeilatschenden Touristen-Gruppe war ein staunendes »Aaaahh« zu vernehmen.

»Hervorragend!«, fand Dr. Tetraeder.

»Das war für die gebrochenen Rippen«, erklärte Mombusa zufrieden.

Der Bürgermeister hatte bei seinem Gerangel mit dem Wichtelmännchen in der Zwischenzeit die Oberhand gewonnen, sah allerdings aus, als hätte ihm jemand mit dem Rasenmäher am Kopf genuckelt. Das zeternde Wichtelmännchen war von Umprecht mit Paketklebeband auf dem Teppichboden fixiert worden.

Auch auf dem Flur hatte die Randale ihren Höhepunkt erreicht. Man hörte Scheppern, Klirren, eine Triumph Adler Gabriele 100 segelte vorbei, irgendjemand spielte Trompete.

Ich hatte mich unbeteiligt neben den Kamin verzogen und fragte mich, was das eigentlich alles sollte. Worum ging es hier gerade?

»Ach du meine Güte!«, hörte ich eine Stimme neben mir. Umprecht hatte den Messingteller, mit dem er vor kurzem durch einen seiner Schränke das Büro verlassen hatte, wieder auf dessen Platz auf dem Kaminsims zurückgestellt. Samt Hildelotte Hartgras, die nun von dort erschrocken zur Bürotür sah.

»Hildelotte!«, rief Tetraeder.

»Friedemann!«, rief Hartgras.

In der Bürotür war der Schmollmund erschienen. Und der war nicht allein. Unzählige kleine Vögel umschwirrten in hohem Tempo die verdächtig hübsche Frau. Ihre Bluse flatterte und ihre langen Haare tänzelten bedrohlich im Sog des zwitschernden Geschwaders.

Das atonale Flöten der Vögel kannte ich genau. Es waren thailändische Tempel-Sperlinge, eine der gefährlichsten Vogelarten der Welt. Die gleichen Federviecher, die mich vor meinem ersten Besuch in der weißen Welt hinterlistig angefallen hatten.

Die Tür des Schranks, vor dem ich kurz vorher noch gestanden hatte, zersplitterte. Der herausspringende Sparkommissar hatte keine Gelegenheit, sich und seine schmierige Frisur auf die Situation einzurichten. Er wurde sofort von Mombusa am Kragen seines ausgewaschenen Trenchcoats gepackt und nach einer großzügigen Umdrehung wieder in den Schrank zurückbefördert.

Die Tempel-Sperlinge hatten sich vom Schmollmund gelöst, preschten nun als wildgewordene Horde kreischend auf uns zu.

»Tut mir leid, Hildelotte«, entschuldigte sich Tetraeder beim Spiegelbild seiner alten Kollegin. Er griff sich den Messingteller vom Kamin. Dann wehrte er zielsicher die kleinen heranrasenden Vögel ab. Immer, wenn er zuschlug, ein Sperling getroffen wurde und vom Teller abprallte, rief Hartgras begeistert »Heissa!« oder »Hui!«.

Die abgewehrten, immer noch zwitschernden Sperlinge wurden aus dem Fenster herausbefördert. Wieder hörte man die Touristen-Gruppe staunen: »Oooohh«.

Der Schmollmund bemerkte indes nicht, dass sich Pastor

Pockenwurst mit einer rotierenden Whiskyflasche der Marke Draoidheachd Croach von hinten angeschlichen hatte, und wurde erneut mit einem gezielten Schlag außer Gefecht gesetzt.

»Ein guter Zeitpunkt für Sie, zu verschwinden«, wandte sich der Bürgermeister an mich. Er öffnete die Tür eines anderen Büroschranks, steckte seinen Kopf hinein und schnupperte. »Ja, das sollte es sein«, stellte er fest. »Rein mit Ihnen!«

Ich sprang über das am Boden klebende, wütend zappelnde Wichtelmännchen hinweg. Umprecht hielt die Schranktüren geöffnet als ich hineinstieg. »Und nun immer geradeaus«, sagte er noch, bevor er mir die Türen vor der Nase schloss.

Es roch tatsächlich etwas seltsam im dunklen Schrank. Zwar nach Holz, aber auch nach feuchter Erde, nach Pflanzen, nach Wald. Nicht muffig, sondern frisch. Und es war recht warm.

Ich stapfte voran. Unter meinen Schuhen knackte und knisterte es. Schemenhaft konnte ich großblättrige Pflanzen erkennen, die raschelten, als ich mich an ihnen vorbeischob.

Den Geräuschen und der hohen Luftfeuchtigkeit nach zu Urteilen, war ich mir sicher, mich in einem Urwald zu befinden. Aufgrund meiner bisherigen Erlebnisse, konnte mich das nicht verwundern. Ein entspannender Klangteppich aus Regentropfen, knackenden Zweigen, dem Sirren und Schwirren von Insekten und Kolibris umgab mich.

Unter dem dichten Blätterdach der höheren Bäume war es ziemlich duster. Ich kämpfte mich durch Luftwurzeln von Würgefeigen, ausladenden Blättern von Farnen und Bromelien, und musste aufpassen, nicht auf den feuchten, bemoosten Wurzeln und Ästen toter Bäume auszurutschen.

Eine Bergspitzmaus hatte gerade ihr Geschäft in einer Kannenpflanze verrichtet und huschte davon.

Mit verschwitzten Klamotten und der ein oder anderen Schramme an Armen und Gesicht trat ich schließlich aus dem schier unendlichen Dickicht auf eine in kaltes Licht getauchte, baumfreie Fläche. In der Mitte der Lichtung hatten Blattschneide-Ameisen einen riesigen Haufen gebaut.

Dann schaute ich nach oben und entdeckte die zwei Monde am Himmel.

Zu guter Letzt

Es hat etwas länger gedauert, bis die Fortsetzung meines Romans *Die Gilde der Ewigen Zeit* fertig wurde.

Dafür habe ich mir, wie versprochen, ganz viel Mühe gegeben – beim Schreiben und bei der Recherche.

Auch die neuen Charaktere in diesem Buch sind frei erfunden, basieren aber wieder teilweise auf real existierenden Personen.

Ich danke allen, die meine Bücher kaufen und lesen. Sie können sich jetzt schon auf einen weiteren Teil freuen. Und ich hoffe, dass sie nicht zu lange auf Buch 3 warten müssen.

Schreiben Sie mir gerne unter post@bertvonnorden.de

Die Vorgeschichte zu
»Das Dorf der zwei Monde«

Bert von Norden

Die Gilde der Ewigen Zeit

Mein Großvater verschwindet,
ein Stern explodiert, und ein Unbekannter
fängt eine Banane mit den Zähnen auf.
Roman

»Sie glauben wohl, sie wüssten alles! Aber Sie wissen
rein gar nichts! Sie sind nicht das, was Sie zu sein scheinen.
Sie sind nicht wirklich …«

Was die Nase der Sphinx, ein verschwundener
Großvater und ein geheimnisvolles Buch
mit dem Menschen zu tun haben, der zum ersten Mal
die Welt rückwärts umsegelte …

ISBN 978-3-7504-1778-6